À PROPOS DE L'AUTRICE

Melissa Oliver écrit ses romances historiques depuis le sud-est de Londres où elle vit avec son mari et ses trois filles, qui partagent sa passion pour les châteaux anciens et l'Histoire. En 2020, elle gagne le *Romantic Novelists' Association's Joan Hessayon Award* consacré aux nouveaux auteurs pour ses débuts dans le monde littéraire grâce à son roman *The Rebel Heiress and the Knight* (*L'héritière indomptable*, publié en novembre 2021 en France chez Harlequin). Lorsqu'elle n'écrit pas, elle aime voyager, peindre, se rendre dans les musées et les galeries d'art.

L’héritière indomptable

MELISSA OLIVER

L'héritière indomptable

Traduction française de
CAROLE PAUWELS

Les Historiques

HARLEQUIN

Collection : LES HISTORIQUES

Ce roman a déjà été publié en 2021

Titre original :
THE REBEL HEIRESS AND THE KNIGHT

HARPERCOLLINS FRANCE
83-85, boulevard Vincent-Auriol, 75646 PARIS CEDEX 13
Service Clients — https://www.harlequin.fr/contenu/contactez-nous
ISBN 978-2-2805-1884-0 — ISSN 1159-5981

Édité par HarperCollins France.
Composition et mise en pages Nord Compo.
Imprimé en avril 2025 par CPI Black Print (Barcelone)
en utilisant 100% d'électricité renouvelable.
Dépôt légal : mai 2025.

FSC www.fsc.org MIXTE Papier issu de sources responsables FSC® C159065

Pour limiter l'empreinte environnementale de ses livres, HarperCollins France s'engage à n'utiliser que du papier fabriqué à partir de bois provenant de forêts gérées durablement et de manière responsable.

À Jack, pour ton amour,
ton soutien et ta confiance en moi.

Et aussi à mon éditrice, Charlotte Ellis,
sans qui rien n'aurait été possible.

1

Nord de l'Angleterre, printemps 1215

Trois jours !

Cela faisait trois jours et trois nuits qu'elle le faisait patienter, inventant sans cesse de nouvelles excuses afin de justifier son incapacité à l'honorer de sa présence.

Et, une fois encore, elle demeurait invisible.

Hugh de Villiers arpentait le sol de la grand-salle en soupirant de frustration. En vérité, trois longs mois s'étaient écoulés depuis que Lady Eleanor de Tallany avait reçu la missive par laquelle le roi Jean la mandait à sa cour. Ajoutant l'insulte à la discourtoisie, elle avait persisté à ignorer les demandes subséquentes, ce qui avait contraint le roi à envoyer Hugh et ses hommes dans ses contrées sauvages du Nord pour y rencontrer l'énigmatique héritière.

Soupçonnant que la damoiselle choisirait de fuir plutôt que d'affronter le contenu de la présente missive, il avait fait poster des hommes autour de l'enceinte du château, mais personne n'avait franchi la poterne.

Par conséquent, si elle s'était trouvée entre ces murs

durant tout ce temps, elle y était encore, à se cacher dans quelque endroit.

Que Dieu lui donne la force d'accomplir cette mission !

Hugh observa le fond de la grand-salle tandis que l'intendant de Tallany Castle, Gilbert Claymore, venait vers lui en se tordant les mains. Ce dernier affichait un air dépité.

— Eh bien, de quoi retourne-t-il cette fois, Claymore ?

— Milady vous envoie ses excuses, Sir Hugh, mais elle ne peut s'entretenir avec vous ce matin, car elle est victime d'une… hum… indisposition.

— Une de plus.

— Sa tête lui inflige une intense douleur aujourd'hui, mais elle la supporte avec grande vaillance.

— Voyez-vous cela !

Hugh haussa un sourcil, mimant l'étonnement.

— Et cependant, hier encore vous me vantiez la remarquable compétence de Lady Eleanor à administrer son domaine. C'est d'autant plus impressionnant pour une personne qui se trouve victime d'une telle litanie de maladies.

— Milady possède d'ordinaire une fort bonne santé.

— Eh bien, ce doit donc être notre présence qui lui cause de si terribles afflictions.

À bout de patience, Hugh serra les dents. Ce comportement était tout à la fois ridicule et offensant.

Pour qui se prenait Eleanor de Tallany, à désobéir de la sorte aux injonctions de son souverain ?

Ce comportement inconsidéré bafouait ouvertement la subordination due au roi en toutes circonstances, et ne saurait être toléré.

Quant à lui, il était lié par l'honneur à Sa Majesté, et

son allégeance n'avait jamais été prise en défaut, même en ces temps incertains où le pays était au bord de la guerre civile.

— Mon séjour en ces lieux aurait dû être de courte durée, dit Hugh, sans chercher à dissimuler son impatience. Je dois retourner à la cour.

— Et milady sera-t-elle tenue de vous accompagner ? demanda l'intendant.

C'était donc cela qui inquiétait Lady Eleanor ? Pourquoi ne souhaitait-elle pas se rendre à la cour ?

Même lui, qui avait passé tant d'années à mener des campagnes en France, avait entendu parler de cette jeune veuve qui souhaitait qu'on la laissât en paix. Son absence à la cour avait alimenté quantité de rumeurs.

— Je ne puis répondre à cela, n'ayant connaissance ni du contenu de la missive ni des intentions de Sa Majesté le roi Jean.

Ce n'était pas totalement exact, puisque Hugh avait une autre mission à mener, en plus de celle qui consistait à délivrer les ordonnances du roi à cette péronnelle.

En effet, il lui fallait débusquer et capturer une coterie de hors-la-loi et leur chef, appelé le Renard. La clique avait non seulement dérobé les collectes de taxes destinées à la Couronne, mais elle avait aussi, et c'était davantage préoccupant, apporté son soutien aux barons rebelles du Nord, des traîtres qui s'opposaient ouvertement au roi et ne cessaient de défier son autorité.

— Dites à votre maîtresse que plus vite nous aurons pris connaissance des demandes de Sa Majesté, plus vite nous pourrons retourner vaquer à nos occupations, quelles qu'elles soient. Mes hommes ne tiennent plus en place, Claymore, et moi non plus. Cette situation n'a que trop duré. Il me semble avoir fait preuve d'une infinie patience. Si Lady Eleanor ne se montre pas aujourd'hui de son plein gré, je me rendrai à son logis privé, et je l'en ferai sortir moi-même !

Eleanor regardait par la petite fenêtre en ogive de sa chambre tout en se massant la nuque et en grimaçant de douleur. Cette fois, elle n'avait pas à feindre un mal de tête.

Elle aurait voulu que les hommes du roi, et ce prétendu héros de la désastreuse bataille de Bouvines, le dénommé Hugh de Villiers, lèvent le camp sans plus tarder. Mais ce n'était qu'un vœu pieux.

Ils ne partiraient pas tant qu'ils n'auraient pas obtenu ce qu'ils voulaient, c'est-à-dire elle.

Et elle ne pouvait pas les faire attendre plus longtemps.

Elle avait sottement cru qu'il lui suffirait d'ignorer les convocations du roi pour qu'il l'oubliât, ainsi qu'il l'avait fait pendant quelques années après que son époux eut succombé à la dysenterie.

Ah, la merveilleuse solitude de ces temps bénis ! Et comme elle avait chéri la liberté que lui avait procurée son retour sur ses terres ancestrales, après avoir subi les obligations de la cour.

En administrant son vaste domaine, et en veillant sur ses gens, elle avait fini par mettre à profit ce que son père lui avait enseigné, en dépit du fait qu'elle ne soit « qu'une femme ».

Et cependant, tout cela semblait maintenant parvenu à son terme.

Depuis l'arrivée des hommes, Eleanor avait désespérément

cherché une solution à cette infortune, mais elle n'avait réussi qu'à mécontenter les émissaires du roi, ce qui n'était évidemment pas son intention.

Elle ne tenait aucunement à connaître le contenu de la missive du roi Jean. Quoi qu'il attende d'elle, ça ne pouvait pas être bon. Rien de ce qu'il demandait ne l'était jamais.

À présent, elle ne savait plus quoi faire.

Quoi qu'il en soit, elle ne pouvait pas laisser ses gens livrés à eux-mêmes en ces temps difficiles. C'était la raison qui l'avait incitée, quelques mois auparavant, à s'allier secrètement aux barons rebelles du Nord, et à leur prêter assistance contre un roi enclin à détruire tout ce en quoi elle croyait.

C'était certes dangereux, mais absolument nécessaire.

Peut-être était-ce la raison de la présence des hommes du roi sur ses terres. Peut-être le souverain avait-il eu vent de sa trahison… Mais comment ? Personne n'était au courant, en dehors de quelques proches en qui elle avait toute confiance.

Non, il s'agissait plutôt de la faire revenir à la cour. Ou pire, de la faire détenir à la tour de Londres, comme avant son désastreux mariage.

À cette pensée, elle fut traversée par un frisson.

Si seulement elle avait disposé de plus de temps !

Elle avait toujours su que sa destinée n'était pas entre ses mains, mais voir sa liberté lui être arrachée aussi vite et aussi brutalement lui procurait une sensation d'impuissance et de vulnérabilité.

Elle pivota sur ses talons et croisa le regard de son intendant alors que celui-ci entrait dans la chambre. Gilbert Claymore hocha la tête une seule fois et s'en alla.

Non, elle ne pouvait plus éviter les hommes du roi et leur capitaine, Sir Hugh de Villiers.

Le silence se fit dans la grand-salle tandis que l'intendant de Tallany Castle et sa maîtresse, suivis de deux vieilles femmes et d'un prêtre, montaient sur l'estrade d'honneur, avec une lenteur et une emphase délibérée.

Fermant brièvement les paupières, Hugh s'autorisa un soupir de soulagement.

Enfin, elle était venue. Il allait pouvoir en terminer avec cette détestable mission et quitter cet endroit.

Il rouvrit les yeux au moment où Lady Eleanor se tournait vers lui, et il retint son souffle, troublé par une entêtante senteur de fleurs et d'épices. Il ne s'était guère attardé à songer à la jeune veuve, et ne s'attendait nullement à une vision aussi enchanteresse.

Il prit le temps de l'observer de la tête aux pieds.

Oh oui, son visage et son corps étaient de nature à envoyer un homme en enfer !

Ses cheveux étaient tirés en arrière et maintenus sous un voile de lin que retenait un cercle d'argent, mais il pouvait apercevoir quelques mèches d'un noir lustré. Ses yeux étaient sombres également, et encadrés d'épais cils noirs recourbés à leur extrémité. Ses lèvres roses et charnues invitaient aux baisers, encore que son expression maussade ne fût guère engageante.

Relevant la tête, il vit qu'elle le fixait. La lueur de mépris dans son regard fut aussitôt masquée, et elle lui adressa un bref signe de tête.

Hugh s'exhorta à se ressaisir et fit un pas en avant, avant d'exécuter un salut dans les règles de l'art.

— Lady Eleanor, c'est un honneur pour mes hommes et moi que vous nous fassiez la grâce de votre présence. Et je suis ravi de constater que votre santé s'est considérablement améliorée.

— Je présume que vous êtes Hugh de Villiers ?

— À votre service, milady.

Lady Eleanor afficha une expression perplexe.

— À mon service ? J'en doute fort, Sir Hugh. Nous savons tous deux pourquoi j'ai été mandée ici.

Hugh resta un instant sans voix, médusé par son irrévérence.

— Le savons-nous vraiment, Lady Eleanor ?

La jeune veuve soutint son regard sans fléchir.

— Assurément, monsieur.

Ainsi, elle préférait la franchise. Fort bien !

— Milady, si vous aviez eu l'obligeance de répondre plus tôt à la demande du roi, sans doute cette épreuve aurait-elle pu vous être épargnée, répliqua-t-il d'un ton sec.

Elle pinça les lèvres.

— Tout ceci n'aurait jamais pu être évité.

— Sans doute pas, mais il aurait pu être épargné à mes hommes et à moi-même de séjourner ici, et de déranger votre vie… trépidante.

— Vous moquez-vous de moi ?

Hugh ne s'attendait certes pas à ce qu'Eleanor de Tallany fasse preuve de tant d'hostilité.

— Pas le moins du monde, milady. Je fais simplement remarquer que ces déplaisirs auraient pu nous être épargnés si vous aviez eu la bonne grâce de répondre aux demandes de Sa Majesté. Vous devez savoir que ce n'est pas un homme que l'on peut défier impunément.

— Il est aisé à vous de le dire, mais ces « déplaisirs »,

comme vous les appelez, étaient inévitables. Il est ici question de mon avenir.

Hugh lui adressa un regard sévère.

— Un avenir qu'il plaît à Sa Majesté de décider.

Ils se regardèrent froidement, attendant que l'autre baisse pavillon, et un silence embarrassé descendit sur la grand-salle.

— Eh bien, finit par dire Eleanor, peut-être devrions-nous découvrir en quoi consiste cet avenir ?

Hugh la regarda agiter la main vers le prêtre de Tallany. Le père Thomas s'avança, s'inclina devant la maîtresse du domaine et brisa le sceau du parchemin.

Hugh serra les dents. Dieu lui en soit témoin, elle était exaspérante ! Et dire qu'il avait été troublé par des pensées tout autres, inspirées par son visage avenant et son corps gracieux...

Fort heureusement, il ne lui restait plus longtemps à demeurer sur ces terres hostiles. Le message du roi enfin délivré, il lui reviendrait encore de capturer ce groupe de hors-la-loi et il pourrait retrouver son quotidien de soldat. Le plus tôt serait le mieux.

Eleanor s'exhorta à ne rien laisser paraître de ses craintes, tandis que la voix du père Thomas s'élevait dans la grand-salle.

À sa nervosité se mêlait un sentiment d'outrage devant l'invasion par ces importuns de sa maisonnée, de son coin d'Angleterre.

L'appréhension faisait battre son cœur plus vite, mais elle ne détourna pas les yeux.

Quoi que le roi ait à dire, quelle que soit l'accusation

qu'il souhaitait porter, elle affronterait l'adversité la tête haute.

Rassemblant tout son courage, elle redressa les épaules et fixa sans trembler l'homme qui menaçait sa sérénité, Sir Hugh de Villiers.

Elle voyait bien qu'elle le déconcertait, et qu'il faisait des efforts pour égaler l'arrogance qu'elle manifestait. Dans son regard, elle fit passer tout ce qu'elle réprimait : sa frustration, son ressentiment et sa colère. Mais il se contenta d'un petit sourire narquois et d'un signe de tête dédaigneux, comme si elle était une enfant irritante.

Bouillonnant de rage, elle se retint de se jeter sur lui et de le gifler. Mais cela n'aurait pas été digne de son rang, et n'aurait fait que prouver à Hugh de Villiers qu'il avait parfaitement appréhendé son caractère.

Non qu'Eleanor se soucie de ce qu'il pensait d'elle.

Vraiment, il était passablement insupportable. Encore que cela n'avait rien de surprenant. Le roi était entouré d'arrivistes et de louangeurs, à l'image de ce qu'avait été feu son détestable mari qui, outre une ambition forcenée, avait une propension à *d'autres choses* fort déplaisantes qu'Eleanor préférait oublier.

Heureusement, elle était à présent libérée de ces contraintes maritales et n'avait plus à se plier aux exigences de son époux.

Cette pensée suffit à lui arracher un frisson.

Oui, elle devait éprouver de la reconnaissance pour cette précieuse liberté dont elle profitait. Mais combien de temps encore cela durerait-il ? Elle redoutait d'apprendre ce que le roi attendait d'elle.

Si seulement elle avait pu être ailleurs...

Comme s'il avait deviné ses pensées, Hugh de Villiers

lui adressa un regard sardonique. C'était à croire qu'il aspirait lui aussi à se trouver en un autre endroit.

De petits cris de surprise résonnèrent dans la grand-salle et, revenant à la réalité, Eleanor essaya de rassembler les quelques mots qu'elle avait confusément saisis à la volée. Avait-elle bien entendu, ou bien n'était-ce qu'un effet de son imagination ?

Lady Eleanor Tallany... De par la volonté de Sa Majesté le roi Jean... Épousailles.

Était-ce bien ce que venait de lire le père Thomas ?

Par le Tout-Puissant, elle espérait l'avoir imaginé ! Mais elle savait, au plus profond de son esprit et de son cœur, que ce n'était pas le cas.

Des épousailles ? Mais avec *qui* ?

Le cœur battant à tout rompre, Eleanor regarda autour d'elle.

Ses yeux se posèrent sur Hugh de Villiers, dont le visage était devenu livide.

Non. Non. Non. Pas lui, par pitié ! Il devait y avoir une erreur.

— Pardonnez-moi, mon père, qu'avez-vous dit ? demanda-t-elle dans un murmure, tandis qu'elle se tournait vers l'aimable ecclésiastique.

Une lueur d'inquiétude assombrissait le regard du vieil homme.

— Notre bien-aimé souverain a décrété un hyménée entre vous, milady, et...

Le père Thomas fit un effort perceptible pour avaler sa salive.

— Et Sir Hugh de Villiers, le porteur de ce réjouissant message.

Le souffle coupé, Eleanor tourna un regard horrifié

vers Hugh de Villiers. Un sifflement aigu lui envahit les oreilles, masquant tous les autres sons environnants. Elle avait le front et les mains moites, soudain.

Miséricordieux Seigneur, cela n'allait pas recommencer !

Elle ferma les paupières, essayant de puiser de la force en elle. Confusément, elle entendit qu'on l'appelait.

— Lady Eleanor ?

C'était la voix bienveillante et apaisante du père Thomas, qui semblait provenir de très loin.

— Milady ?

Elle ouvrit les yeux et observa son visage parcheminé par les ans.

— Comprenez-vous ce que cela signifie, Lady Eleanor ?

Les doigts repliés, elle s'enfonça les ongles dans la paume, et la douleur aiguë la revigora.

Après avoir pris une profonde inspiration, elle redressa les épaules et dit d'une voix claire :

— Je le comprends.

Tout le monde dans la grand-salle se réjouit bruyamment.

Tout le monde sauf son futur époux.

Hugh de Villiers s'avança vers elle, la mâchoire serrée, et mit un genou à terre, tête baissée. Puis il se releva précipitamment et quitta la pièce sans un regard en arrière.

Hugh faisait les cent pas dans la cour intérieure du château et faillit percuter un jeune serviteur qui sortait de la laiterie, les bras chargés d'une roue de fromage. Il lui aboya de faire attention, puis leva la main en signe d'excuse, conscient qu'il réagissait avec exagération.

Il s'arrêta brusquement et s'efforça de respirer calmement pour apaiser sa mauvaise humeur.

Il n'avait pas pour habitude de s'énerver mais, après des jours et des nuits de frustration à attendre cette femme qui avait mis à mal sa patience, il estimait être en droit de se laisser aller à quelque impatience.

Ce devait être une mauvaise farce.

Par tous les diables !

Quelle mouche avait donc piqué le roi Jean ?

Sans doute aurait-il dû se sentir honoré qu'on lui offre une telle héritière sur un plateau, mais il ne voulait pas d'une épouse. Son expérience lui avait appris que les femmes ne valaient pas la peine qu'on se mette martel en tête pour elles. Et les seules qu'il tolérait dans sa vie étaient celles qui, à la tombée de la nuit, rôdaient autour des campements militaires et réchauffaient les paillasses des soldats.

Le mariage ne l'intéressait pas. Il était un guerrier avant tout, et servir son souverain était la seule chose qui lui tenait à cœur.

Cependant, il était obligé de se plier aux ordres du roi. Il serait fou de s'opposer à lui. Mais *pourquoi* ce dernier ne lui avait-il pas fait part de ses intentions ?

Au moins cela lui aurait-il épargné l'embarras de rester bouche bée devant le prêtre - avant de murmurer, d'un ton incrédule, qu'il devait s'agir d'une erreur.

Tel qu'il connaissait le roi Jean, celui-ci se réjouirait probablement de sa surprise et déclarerait que cet honneur était une juste rétribution pour lui avoir sauvé la vie.

Hugh n'avait fait que son devoir en protégeant son roi. Mais s'il considérait que Jean ne lui devait rien, il comprenait aussi tout l'intérêt qu'il y avait pour la Couronne à tisser des liens étroits avec les terres du Nord.

Frappé par les implications d'une telle alliance, il arrêta ses allées et venues et s'accorda le temps d'y réfléchir.

Malgré ses réserves, la perspective d'avoir enfin une maison à lui, un endroit où planter ses racines, après avoir arpenté les routes depuis l'âge de douze ans, n'était pas pour lui déplaire.

En outre, il aurait bien fallu qu'il se décidât un jour à prendre femme. Et cette femme aurait de toute manière été choisie par son souverain. Alors, pourquoi pas aujourd'hui ?

Mais Lady Eleanor de Tallany... Une femme comme elle, autoritaire, obstinée et arrogante, n'était certainement pas à sa convenance.

Hélas, il n'avait guère le choix en la matière.

Hugh se passa la main dans les cheveux. Il serait bien avisé d'aller retrouver sa promise et de faire amende honorable pour son impardonnable comportement.

Encore qu'il fût certain qu'elle ne lui faciliterait pas la tâche.

Quelque chose lui disait que *rien* ne serait aisé avec Lady Eleanor de Tallany.

Eleanor arpentait sa chambre, en essayant de trouver une solution à cet épouvantable cataclysme. Elle peinait toujours à y croire.

Un mari ? Un mari qui voudrait prendre l'ascendant sur elle, se servir d'elle et abuser d'elle, exactement comme avant.

Divine miséricorde ! Elle ne pourrait pas le supporter.

Jamais elle n'aurait imaginé que le roi la forcerait à se

marier par les temps qui couraient. Mais, bien entendu, il était parfaitement cohérent que le souverain désirât la lier à l'un de ses hommes, surtout dans cette région de l'Angleterre largement acquise à la cause des rebelles. *Comme elle-même l'était.*

Cet homme, ce Hugh de Villiers, ne semblait guère priser la perspective de l'épouser. Et c'était pour le moins surprenant, compte tenu de la façon dont il l'avait regardée avant que fussent faites les présentations en bonne et due forme. Sans compter que cette union ferait de lui un homme riche et puissant...

Étonnamment, il avait paru aussi surpris qu'elle, presque horrifié. Se pouvait-il qu'il n'ait pas eu connaissance des intentions du roi ?

Eleanor soupira, consciente que leur première rencontre n'aurait pas pu se passer plus mal. Non seulement elle avait commis la faute de le faire attendre pendant des jours avant de lui accorder audience, mais elle s'était mal comportée envers lui.

Elle n'aurait pas dû se montrer aussi belliqueuse, surtout devant les hommes de l'émissaire du roi, et devant ses propres gens.

Mais elle avait ressenti de l'agacement quand il l'avait détaillée de la tête aux pieds. Alors, elle avait ouvert les hostilités, se tenant bien droite, les mains serrées pour les empêcher de trembler, faisant de son mieux pour ne pas trahir l'appréhension qu'elle ressentait.

Hugh la regardait comme beaucoup d'hommes avant lui l'avaient fait. Il n'était en rien différent de son cruel premier mari, ou des gardes de la tour de Londres qui avaient tenté de la violenter.

Et voilà qu'elle allait devoir lui appartenir, tandis qu'elle serait à nouveau dépossédée de tous ses biens.

Si seulement elle pouvait empêcher ce mariage…

On frappa discrètement à la porte, et sa femme de chambre, Brunhilde, l'ouvrit pour permettre à Hugh de Villiers d'entrer.

Eleanor se tourna vers lui.

— Eh bien, Sir Hugh, il semble que ce soit une surprise pour l'un comme pour l'autre.

— Certes, milady.

— Toutefois, il s'agit d'une surprise fâcheuse. Et je vois que cette union vous répugne tout autant qu'à moi.

— Qu'est-ce qui vous porte à le croire, milady ?

— Le fait que vous ayez quitté précipitamment la grand-salle après lecture de la missive. Suis-je dans l'erreur ?

Il secoua la tête.

— Je n'avais jamais songé à prendre femme.

Contre toute attente, l'honnêteté de Hugh la déçut, lui laissant une impression d'abandon et de vide.

D'où une telle pensée pouvait-elle bien provenir ?

— Quant à moi, je ne pensais pas être de nouveau liée à un époux.

— Mais, en tant que femme, votre destin est d'être mariée.

— L'ayant déjà été, je n'ai guère d'appétence à revivre tout cela.

Il s'approcha, les yeux fixés sur elle, la mettant mal à l'aise. Peut-être aurait-elle dû tenir sa langue. Son impétuosité finissait toujours par lui jouer des tours.

Elle attendit sa réponse, mais celle-ci ne vint pas.

Devant son sourire narquois, elle eut le plus grand mal à maîtriser sa nervosité.

Il était tellement grand, imposant… et séduisant.

Avait-elle omis de le remarquer auparavant ? Certes non. Elle avait simplement refusé de se laisser désarmer par sa beauté. Non, elle n'avait pas voulu prêter attention aux larges épaules qui emplissaient sa tunique grise. Ni à la mèche de cheveux noirs qui lui tombait sur le front, effleurant la cicatrice qui lui barrait un sourcil. De même, elle avait ignoré les charmantes petites rides autour de ses yeux verts, et l'insolent sourire en coin de ses lèvres charnues.

Elle retint une mimique d'agacement

Oui, il était séduisant, mais d'une façon par trop évidente. Et il avait probablement conscience de l'effet qu'il produisait sur les femmes.

— Je pensais que l'on m'oublierait, dit-elle. D'autant que je suis une vieille veuve.

— Vieille ? Vous ne devez guère avoir plus de vingt ans, milady.

— J'en ai vingt et un, monsieur.

— Vous avez raison, c'est très vieux.

Il rit et secoua la tête.

— Quant à vous oublier… cela relève de l'impossible.

Eleanor leva les yeux au ciel et se dirigea vers la fenêtre en ogive, laissant son regard se perdre au loin.

— Il est vrai que ma fortune occupe tous les esprits.

— Il n'y a pas que cela, milady.

Elle entendit ses pas claquer sur les dalles et sentit sa présence derrière elle.

— Dites-moi, êtes-vous toujours aussi directe dans vos manières ?

— Je dis toujours ce que je pense, répondit-elle, en continuant à lui tourner le dos.

— C’est tout à fait inhabituel pour une personne de votre rang.

Elle haussa les épaules.

— Je suppose que je ne possède pas les talents de cour dont vous êtes coutumier, Sir Hugh.

— Vous me surprenez. Comment est-ce possible ?

— Je n’en ai jamais éprouvé la nécessité.

Elle lui tourna le dos. À quoi bon user de bonnes manières avec une brute de mari qu’elle avait immédiatement haï, et qui avait servi complaisamment le roi, tout comme le faisait l’homme qui était venu troubler sa paisible retraite.

— Vous en auriez pourtant eu besoin si vous aviez répondu à l’invitation du roi, au lieu de vous terrer ici. Comment se fait-il que vous ne soyez pas venue ?

Miséricorde ! Comment cet homme était-il parvenu à se mettre dans la position d’un inquisiteur ? Il était doué, dangereusement doué. Elle allait devoir se tenir sur ses gardes.

Lentement, elle pivota sur ses talons et chercha son regard

— Ma santé ne me le permettait pas. Vous avez pu apprécier par vous-même que je suis d’une nature souffreteuse.

— Certes.

Il inclina la tête, un demi-sourire moqueur au coin des lèvres.

— Je suis ravi de constater que vous allez mieux à présent, milady.

Eleanor relâcha doucement son souffle, surprise de constater qu’elle l’avait retenu jusqu’à présent.

— Eh bien, qu’allons-nous faire concernant notre...

tracas ? Vous connaissez le roi mieux que moi. Comment nous extirper de ce mariage inopportun ?

— C'est impossible. Une fois que Sa Majesté a pris une décision, personne ne peut l'en faire changer.

— Vous en êtes certain ?

— Vous voudriez vous opposer à votre roi ?

Il semblait offusqué, voire insulté.

— Sir Hugh, j'ai été prénommée en hommage à la mère du roi, et ma propre mère était l'une de ses dames d'honneur. Ma famille a toujours loyalement servi la Couronne. Vous comprendrez donc que je ne vous fasse pas la grâce d'une réponse.

— Fort bien. Mais ne vous faites aucune illusion. Il n'est pas question de s'opposer à la demande du roi. Il considérerait cela comme une insulte suprême, et je vous conseille fortement de ne pas poursuivre dans cette voie, milady.

La mise en garde se voulait aimable, mais le ton n'était pas dénué d'une légère menace. Oui, Eleanor avait toutes les raisons de se méfier de Sir Hugh de Villiers. Cependant, elle ne put résister à le titiller quelque peu.

— Vous faites toujours ce que demande le roi ?

— Évidemment ! Je lui ai prêté allégeance. Et si je comprends que vous ne me considériez pas comme le mari idéal, il ne m'appartient pas de critiquer les décisions du roi Jean.

— C'est aussi simple que cela ?

— Il le faut.

Comment ? Tout son être refusait cette situation. Il devait bien exister un moyen…

— Eh bien, milady ? Avons-nous un accord ?

— Non.

Il soupira, ne cherchant pas à dissimuler son impatience.

— Si vous me refusez, le roi vous fera épouser quelqu'un d'autre. Et je me flatte de ne pas être le pire de vos éventuels prétendants.

Il disait vrai. Si ce n'était pas lui, le roi lui imposerait un autre de ses détestables courtisans.

Son désespoir exacerba sa colère.

— Je me demande ce qui justifie que le roi veuille vous récompenser ainsi, Sir Hugh. Serait-ce en lien avec votre valeur ou votre courage ?

D'un ton sarcastique, elle ajouta :

— Votre action héroïque à la bataille de Bouvines, peut-être ?

Il parut surpris qu'elle en ait entendu parler.

— Qui peut le dire ? Le roi Jean a peut-être pensé que ma valeur et mon courage méritaient cet honneur, répliqua-t-il, d'un ton aussi moqueur que le sien. Mais vous n'aurez qu'à lui poser la question en personne.

Il redevint sérieux.

— Quoi qu'il en soit, Sa Majesté a besoin de s'assurer que la sécurité règne sur les terres du Nord, en y installant une personne de confiance.

— Et il s'agit de vous, je suppose ? Par le biais du mariage, vous deviendrez propriétaire de Tallany… et de moi, par la même occasion.

Il eut une petite moue embarrassée.

— Il semblerait. Quant à ce qui s'est passé à Bouvines, c'est fort simple : quand un chevalier voit son roi être désarçonné et sur le point de se faire enlever, il ne se pose pas de questions et vole à son secours. En l'occurrence, je n'ai fait que mon devoir.

— Comme vous le faites à présent ? répliqua Eleanor.

Dans ce cas, il semble qu'il n'y ait vraiment aucun moyen d'échapper à cette union.

— Non. Je suis désolé de ne pas être à votre convenance, mais je m'efforcerai d'être un bon mari.

Eleanor en doutait. Surtout si Sir Hugh finissait par avoir connaissance de sa conspiration contre le roi.

En outre, elle ne voulait pas devenir à nouveau la propriété d'un homme qui surveillerait ses moindres faits et gestes et la soumettrait à son bon vouloir sans qu'elle pût rien faire pour se défendre.

— Je n'envisage personne d'autre pour mari, Sir Hugh. J'aurais préféré ne plus jamais avoir à être mariée.

Il l'observa longuement, et elle regretta une fois encore de ne pas avoir été capable de tenir sa langue.

— Je le regrette, milady, mais je ne défierai pas le roi, et vous seriez avisée de faire de même.

Il laissa passer un silence avant d'ajouter :

— J'espère que vous vous accoutumerez à l'idée de notre mariage, et je vous demande la permission de vous courtiser.

Eleanor resta sans voix un instant, abasourdie par la question.

— Vous voulez me conter fleurette, alors que notre mariage est une chose acquise ?

Hugh s'avança et lui prit la main.

— Assurément.

Il s'inclina au-dessus de sa main, sans toutefois lui effleurer la peau, et son souffle tiède fit courir un frisson tout le long du bras d'Eleanor.

Puis il recula d'un pas, sans jamais la quitter des yeux, lui adressa un signe de tête courtois et tourna les talons, la laissant bientôt seule dans la chambre.

2

Demain, à la même heure, Hugh serait marié à la fuyante Lady Eleanor de Tallany. Mais pour le moment, par cette belle matinée de printemps ensoleillée, ils chevauchaient tous deux sur les terres du domaine, foulant un sol jonché de bruyères pourpres.

Juchée sur son palefroi gris, Eleanor était superbe, bien qu'un peu pâle. Avec son air hautain sous son voile couleur crème, son dos bien droit, et les plis de sa robe de laine verte gansée d'un ruban argenté drapés sur les flancs de son cheval, elle avait l'air d'une reine. Contrairement à la mode récemment lancée, elle ne montait pas en amazone, mais à califourchon comme les hommes, et portait sous sa robe équestre, ample et ouverte sur le devant, des braies de fine laine et des bottes de chevalier.

— Quelle direction suggérez-vous, Lady Eleanor ?

— Celle qui vous plaira, dit-elle froidement.

Puis, comme après réflexion, elle tourna la tête et lui adressa un sourire qui ne se refléta pas dans ses yeux.

Hugh s'obligea à refréner sa frustration.

— J'aurais aimé avoir votre opinion, étant donné que vous connaissez mieux ce territoire que moi. Mais peu importe. Si nous allions vers le nord ? Il paraît que la vue depuis les collines est magnifique.

Elle haussa les épaules.

— À votre guise.

— Parlez-moi un peu de Tallany, des paysages, des villages, des personnes qui y résident.

— Demandez à l'intendant. Il vous donnera toutes les informations que vous souhaitez.

Hugh se retint de grommeler.

La journée s'annonçait mal. Elle serait à l'image de celle de la veille, et de celle du jour d'avant.

Cette idée de courtiser sa promise s'était soldée par un fiasco. Il n'en savait pas plus aujourd'hui à propos de Lady Eleanor qu'au premier jour de leur rencontre.

Elle l'évitait, l'ignorait, ou se contentait de brèves réponses à ses questions, comme un instant auparavant, et sur un ton poli mais froid.

Eleanor lui inspirait une frustration encore plus grande à présent que lorsqu'elle l'avait fait attendre pendant des jours.

Et dire que cette femme allait devenir son épouse…

Quelle idée avait-il eue d'essayer de la courtiser ?

Il espérait la voir s'adoucir et se confier à lui, mais elle avait accueilli sa proposition comme elle l'aurait fait d'une saignée. Et apparemment, cela lui procurait la même douleur.

Comme si ce n'était pas suffisant, il fallait également composer avec cette attirance inattendue, cet élan de désir qui se manifestait chaque fois qu'il posait les yeux sur elle.

Il ne comprenait pas. Elle était tout ce qu'il détestait

chez son prochain, et a fortiori chez une femme : hautaine, tempétueuse et insolente.

Et pourtant, l'attirance se manifestait à chacune de leur rencontre. Ainsi, ce chaste baisemain dans sa chambre, destiné à sceller leur engagement, lui avait fait désirer davantage.

Et il ne lui avait même pas effleuré la peau !

Ayant vu de quelle façon Eleanor se comportait avec ses gens, son intendant, sa femme de chambre, il savait qu'elle pouvait se montrer avenante et chaleureuse, et qu'elle était capable de sourire vraiment.

Tout ce qu'il voulait, c'était mieux la connaître pour essayer de construire une forme d'entente, une base d'agréable compagnonnage pour leur mariage imposé.

Et ce faisant, il ne pouvait se consacrer pleinement à la traque du Renard. Encore qu'il fût loin de mettre la main dessus !

Pas plus tard que la nuit précédente, la bande de malfaiteurs avait libéré les chevaux de ses hommes, et certaines des montures n'avaient pas été retrouvées.

Quelques jours auparavant, ils avaient pillé les réserves de farine du village, ce qui signifiait qu'il n'y avait plus de quoi faire de pain pour les festivités du mariage.

Mais le plus humiliant résidait dans l'enlèvement de quatre gardes du roi Jean, qui avaient été retrouvés ligotés à des arbres devant l'enceinte du château - habillés en femmes.

Oui, la semaine avait été des plus détestable.

Il s'obligea à balayer de son esprit ces pensées moroses et tourna la tête vers Eleanor.

— C'est une belle matinée, n'est-ce pas ?

— Je vous demande pardon… Avez-vous dit quelque chose ?

— Non. Rien d'important.

— Veuillez m'excuser, Sir Hugh. J'étais plongée dans mes pensées.

Elle croisa son regard, les yeux innocemment écarquillés.

— Voudriez-vous partager ces pensées avec moi, milady ?

— Je m'interrogeais sur les attaques de ces hors-la-loi. Êtes-vous proche de les trouver ?

Hugh ressentit un certain dégoût de lui-même face à cette incapacité qui était la sienne à arrêter quelques malfrats. Cela ne lui ressemblait pas. Il était vrai qu'il avait d'autres préoccupations en tête. Ce n'était pas tous les jours qu'un homme contractait un mariage non désiré, avec une femme qui aurait sans doute préféré la compagnie d'une chèvre à trois pattes.

— Pas encore, mais ce n'est qu'une question de jours. Tôt ou tard, ils feront une erreur et je serai là.

— C'est tellement étrange. Nous n'avons jamais eu ce genre de difficultés auparavant. J'avoue que je ne suis guère rassurée de savoir que des malfrats rôdent dans les parages.

— N'ayez crainte, milady. Rendre cette région plus sûre fait après tout partie de mes attributions.

— Recevez toute ma gratitude, Sir Hugh. Que ferais-je sans vous ?

Sa voix était dénuée d'émotion, et le sourire plaqué sur ses lèvres respirait la fausseté. Combien de temps allait-elle continuer à se prétendre une fiancée polie, docile et effarouchée ?

Il se tourna vers le garde et la femme de chambre d'Eleanor, qui les accompagnaient.

— Lady Eleanor et moi continuerons notre promenade seuls.

La fidèle Brunhilde chercha le regard de sa maîtresse pour avoir confirmation. Cette dernière se contenta d'un hochement de tête.

En silence, ils avancèrent au pas pendant un moment, si proches parfois que leurs jambes se frôlaient.

— Et si nous leur faisions prendre un peu d'exercice ? suggéra Hugh, avec une lueur de défi dans les yeux.

Sans attendre la réponse d'Eleanor, il pressa les flancs de sa monture pour accélérer l'allure.

Arrivé le premier à la rivière, il avait déjà mis pied à terre et laissait boire son cheval à l'onde fraîche quand Eleanor apparut, menant son palefroi au pas et affichant un air dédaigneux.

Hugh tendit les bras à Eleanor pour l'inviter à descendre. Elle déclina l'offre en secouant la tête et fit entrer son cheval dans l'eau, lui lâchant la bride pour lui permettre de baisser l'encolure et se désaltérer.

Damnation ! Il avait raison de songer que la journée serait aussi détestable que les précédentes.

Hugh ôta sa cape et la jeta en travers de sa selle, puis il alla s'asperger le visage d'eau fraîche. La matinée était remarquablement chaude pour une journée de printemps, mais ce n'était pas la raison pour laquelle il était en ébullition.

Pourquoi Lady Eleanor s'obstinait-elle dans ce comportement depuis le début ? Il lui avait pourtant offert toutes les assurances qu'il serait un bon mari, mais cela n'avait donné lieu à aucune réponse de sa part.

Il avait tout essayé pour la faire parler, mais avait échoué. Elle était dénuée d'émotions. En fait, sa seule réaction avait été la colère, quand ils s'étaient rencontrés pour la première fois.

Peut-être éprouvait-elle toujours des sentiments pour son premier mari, Richard Millais ? Cependant, cela ne coïncidait pas avec ce qu'il savait de la réputation de débauche et de cruauté de ce dernier.

Mais allez comprendre, avec les femmes !

Il était bien placé pour savoir qu'on ne pouvait pas leur faire confiance. Sa seule relation sérieuse avait laissé son cœur et sa fierté en lambeaux.

Il glissa un bref regard à Eleanor, et l'air hautain de cette dernière lui inspira une pensée perfide.

S'il la poussait à bout, déchaînant sa colère, peut-être tomberait-elle enfin le masque…

Hugh enfourcha prestement sa monture, et ils reprirent leur promenade.

— Comme je le disais, vous n'avez pas à vous soucier des hors-la-loi, ou de quoi que ce soit d'autre, lui glissa-t-il. Maintenant que je suis là, vous pouvez vous en remettre à moi pour la gestion de Tallany. Le temps du changement est arrivé.

Elle se crispa aussitôt.

— Pardon ?

— Cet endroit a besoin d'être repris en main par un homme.

Ils bifurquèrent vers un petit bois et s'enfoncèrent bientôt dans une pinède odorante et fraîche. En remontant la sente silencieuse encadrée de fougères, les sabots des chevaux faisaient craquer le tapis de feuilles, de brindilles et de pommes de pin qui jonchaient le sol, souvenirs du dernier automne.

— Jusqu'à présent, je m'en suis très bien sortie sans l'aide de personne, remarqua Eleanor d'un ton pincé.

Hugh sentait qu'elle essayait de dissimuler son irritation, et que son sourire de façade commençait à se craqueler.

Sa ruse fonctionnait à merveille. Il aurait dû y penser plus tôt.

— Eh bien, vous n'aurez plus à le faire, maintenant que je suis là pour exécuter les choses comme il se doit.

Il lui sourit d'un air très satisfait de lui-même.

— *Comme il se doit ?* Sachez que mon intendant et moi avons géré le domaine à merveille.

— Oh ! je ne doute pas que vous ayez fait de votre mieux. Mais vous n'êtes qu'une femme, et la gestion d'un domaine tel que celui-ci dépasse, et de loin, vos capacités.

Elle rougit violemment, et il vit qu'elle faisait un effort pour se contenir.

— Je vois. Vous croyez tout savoir, n'est-ce pas ? Mais je vous demanderais de ne pas me juger si hâtivement.

Hugh le sentait : ce n'était plus qu'une question de temps avant qu'Eleanor explosât de colère et révélât sa vraie nature.

— Quoi qu'il en soit, vous pouvez compter sur moi pour corriger tout ce qui ne va pas à Tallany.

— Je me demande vraiment comment nous avons pu nous en sortir sans vous !

— Eh bien, vous n'avez plus à vous soucier de cela.

— Quel soulagement !

— N'est-ce pas ?

Eleanor relâcha doucement son souffle et détourna les yeux, essayant de ne pas montrer à Sir Hugh combien son mépris l'affectait.

Elle avait la plus grande difficulté à contenir sa colère et son agacement face à cette situation imposée. La tête lui tournait à l'idée de tous les changements qu'elle devrait accepter encore une fois.

La semaine qui venait de s'écouler avait été incroyablement difficile. Non seulement elle avait dû déployer des trésors de ruse pour dissimuler ses dangereuses activités, mais il lui avait aussi fallu s'accoutumer à l'idée d'appartenir de nouveau à un homme.

Se résoudre à ce mariage signifiait aussi qu'elle devait déguiser son véritable caractère. En effet, elle redoutait la réaction de son promis s'il découvrait qu'elle n'était ni faible ni respectueuse, mais dotée d'une bonne dose de franc-parler et d'entêtement, et éprise de liberté. Richard lui avait répété souventes fois qu'elle était une insupportable mégère !

L'amertume, la colère et la peur faisaient des ravages en elle. Pourtant, elle croyait avoir enterré ces sentiments depuis bien longtemps...

Peu à peu, la végétation s'était éclaircie, et le chemin s'ouvrait maintenant sur une prairie verdoyante. Embrassant des yeux le paysage, Eleanor contempla les collines en pente douce qui en dessinaient les contours.

C'est magnifique, songea-t-elle. Elle avait grandi ici et connaissait chaque brin d'herbe, chaque branche. Ces terres étaient depuis toujours dans sa famille, mais appartiendraient bientôt à Hugh.

Tout comme elle...

— Accepteriez-vous un défi, Sir Hugh ? demanda-t-elle

soudain. J'aimerais vous faire changer d'avis sur la faiblesse supposée des femmes.

Il parut surpris.

— De quel ordre ?

Eleanor savait qu'elle n'aurait pas dû s'abaisser à employer les mêmes ruses que cet homme, mais la tentation était trop grande.

— Une course jusqu'au troisième chêne, là-bas. Vous le voyez ?

— Je le vois. Mais une course à cheval ? Contre vous ?

Eleanor continua à fixer le lointain, d'un regard qu'elle espérait d'acier.

La réponse que lui avait donnée Hugh n'avait fait que l'agacer davantage. Et voilà qu'elle l'entendait maintenant ricaner. Il se moquait d'elle !

— Peut-être avez-vous peur d'être battu par une femme, suggéra-t-elle d'un ton doucereux.

— Vous n'êtes pas sérieuse, milady ?

— Au contraire.

— Ce n'est pas équitable, Eleanor. Oublions cela.

Il avait parlé si gentiment qu'elle en fut encore plus vexée.

— Acceptez-vous, oui ou non ?

Sa voix trahissait son agitation. Elle avait de plus en plus de mal à donner le change.

— Fort bien, puisque vous insistez. Mais veuillez observer que je vous ai prévenue. J'espère que vous ne serez pas trop déçue par ma victoire.

— Nous verrons bien, Sir Hugh. Au premier arrivé au chêne que j'ai indiqué !

— Comme il vous plaira.

Hugh guida son destrier à côté du palefroi d'Eleanor et sourit à celle-ci, l'air narquois.

— À votre signal, milady…

— Maintenant !

Bien décidée à gagner quelques précieuses secondes, Eleanor lança son cheval au galop, dans un tourbillon de poussière. Une nuée argentée d'oiseaux affolés s'envola d'un arbre, jetant une ombre mouvante au-dessus de sa tête.

Le rire de Hugh s'éleva dans son dos, et elle pressa l'allure. La condescendance de cet homme était sans limite.

Couvert par le martèlement régulier des sabots, le crissement des insectes dans la prairie se fondit bientôt dans une lointaine rumeur.

Tendue vers un seul but, Eleanor ne ménageait pas sa jeune monture. Mais en dépit de la brise fraîche qui lui sifflait aux oreilles et faisait voler ses longs cheveux, elle ne parvenait pas à apaiser la colère qui faisait bouillir son sang.

Alors qu'elle pensait avoir acquis une confortable avance, du coin de l'œil elle vit que Hugh était en passe de la rattraper.

Non. Elle ne le permettrait pas ! C'était *sa* course. *Sa* victoire.

Elle éperonna sa monture pour l'encourager à accélérer, et les deux chevaux galopèrent de concert, s'écartant pour contourner un arbre ou un bosquet, se dépassant et se distançant, avant de rattraper leur retard, menés de main de maître par leur cavalier.

Interceptant le sourire moqueur de Hugh et son bref signe de tête appréciateur, Eleanor se sentit piquée au vif.

Comment osait-il la traiter de la sorte ? Quel homme détestable ! Elle allait lui montrer...

Hugh caracolait en tête, sans toutefois pousser son destrier à aller trop vite. Il voulait donner l'apparence d'une compétition équitable.

Il avait été surpris par le défi que lui avait lancé Eleanor, trouvant cela aussi amusant que charmant.

La faire sortir de ses gonds n'était pas pour lui déplaire. Plus elle montrait des signes d'agacement, plus il avait envie de la narguer.

Il tourna la tête en entendant à sa hauteur le martèlement des sabots du palefroi gris, prêt à sourire d'un air narquois.

Son sourire mourut sur ses lèvres. *Eleanor n'était plus en selle.*

En proie à un mélange de panique et de culpabilité, il fit volte-face et scruta attentivement son environnement, dans l'espoir de l'apercevoir.

C'était sa faute. Il n'aurait jamais dû l'inciter à aller au-delà de ses limites.

Soudain, il aperçut au loin une forme gisant au pied d'un arbre.

Éperonnant son cheval, il galopa ventre à terre jusqu'à la silhouette inerte et sauta de sa selle. Malade d'inquiétude, priant pour qu'elle ne soit pas blessée, il se précipita vers Eleanor, dont le visage était enfoui dans un tapis de mousse.

Comme il se penchait vers elle, quelque chose lui barra la route, le faisant trébucher. Il perdit l'équilibre... et s'étala de tout son long dans une ornière boueuse.

La fourbe ! Il ne lui était rien arrivé. Elle l'avait *piégé*.

Le temps pour lui de se relever et de s'essuyer le visage, Eleanor avait bondi sur ses pieds et, relevant ses jupes, courait vers son cheval, qu'elle avait sifflé et qui galopait vers elle.

Au moment où elle saisissait les rênes et s'apprêtait à se hisser en selle, Eleanor sentit qu'on lui tirait le bras en arrière, tandis qu'une main ferme se refermait sur sa taille et la faisait pivoter.

Déséquilibrée, elle tomba sans cérémonie dans les bras de Hugh, qui fulminait.

— Oh ! non ! Vous n'allez pas vous en tirer comme ça ! Vous avez triché.

— Tous les moyens sont bons pour gagner.

Elle se tortilla comme une diablesse, essayant de se libérer, mais il était trop fort pour elle.

— Vous n'avez pas gagné.

— Oh que si ! C'est bien l'arbre que j'avais désigné. Seulement, vous n'avez même pas compris que, de détours en circonvolutions, j'ai réussi à vous égarer.

— Je me demandais où était passée la femme insolente, têtue et rusée dont j'avais fait connaissance… Mais je vois qu'elle est de retour.

— Lâchez-moi !

— N'y comptez pas. C'était une fourberie éhontée.

— Vous ne méritez pas mieux.

Eleanor ne parvenait plus à contrôler sa colère, mais elle avait cessé de s'en préoccuper.

— Vraiment ?

— Palsambleu, oui !

— Eh bien, ce n'est guère digne d'une lady. Où avez-vous appris à jurer de la sorte ? Il semble que vous disiez vrai en affirmant ne pas maîtriser les manières de la cour.

— Lâchez-moi !

— En aucune façon. Tenez-vous tranquille ! Vous débattre ne servira à rien.

Eleanor se figea. Les mots de Sir Hugh étaient les mêmes qu'employaient feu son mari avant... avant de lui faire subir des choses terribles.

Un petit sanglot franchit ses lèvres, et elle ferma les yeux. Elle ne pouvait rien faire. Quelles que fussent les intentions de cet homme, il était beaucoup plus fort qu'elle.

Soudain, elle se rendit compte qu'il l'avait libérée de sa poigne de fer.

Rien de ce qu'elle redoutait ne s'était passé, aussi se risqua-t-elle à ouvrir lentement les yeux.

Hugh l'observait d'un air étrange, les sourcils froncés.

— Venez, Eleanor, laissez-moi vous aider à vous remettre en selle.

Elle se contenta de hocher la tête, ne faisant pas confiance à sa voix, et plaça sa main dans celle de Hugh.

Tandis qu'ils chevauchaient en silence, Hugh réfléchissait à l'étrange réaction d'Eleanor quand il avait cherché à la retenir. Il ne pensait vraiment pas à mal. Son intention était tout simplement de l'empêcher de remonter à cheval.

Quelques instants auparavant, ils s'affrontaient tels deux jouteurs, d'égal à égal, rendant mot pour mot et coup pour coup. Et puis soudain, Eleanor avait exprimé de l'effroi, comme si elle redoutait qu'il la molestât... ou pire.

La frustration lui fit secouer la tête. Eleanor l'avait défié à la course et, à sa grande surprise, elle possédait d'incontestables talents de cavalière. Plus surprenant encore, mais il devait reconnaître que c'était aussi fort amusant, elle avait eu recours à un subterfuge pour parvenir à ses fins.

Alors pourquoi l'humeur primesautière d'Eleanor, digne d'un jeune chenapan, s'était-elle soudain assombrie ?

Sans en comprendre la raison, il en éprouvait de la culpabilité et des remords.

Dès lors, il ne restait plus qu'une seule chose à faire.

— Lady Eleanor, je vous dois des excuses pour ce qui s'est passé au pied du chêne. Mon intention n'était pas de vous causer une quelconque détresse.

— Il n'y a vraiment pas lieu de vous excuser, Sir Hugh. Oublions cela.

— Comme il vous plaira.

Mais Hugh savait bien qu'il lui avait causé une vive inquiétude. Et s'il n'était pas le dernier à plaisanter et à pousser assez loin les taquineries, il n'avait jamais intentionnellement causé du tort à personne. Certes, il était un chevalier et un combattant aguerri, mais il prenait aussi très à cœur son serment de protéger les faibles et les démunis.

Et il était profondément heurté par l'idée qu'Eleanor pût le considérer comme un soudard capable de la brutaliser, ou de la forcer à des rapports charnels contre sa volonté.

Pour qui le prenait-elle ?

Naturellement, cela posait la question du genre d'hommes qu'elle avait connus auparavant. Cela faisait même naître des doutes quant à la nature de son mariage avec Richard Millais...

— Vous a-t-il fait du mal ?

Les mots avaient franchi ses lèvres avant même qu'il ait eu le temps de décider si c'était une bonne idée d'interroger Eleanor sur son mariage.

Elle tourna vers lui un regard perplexe.

— Pardon ?

— Richard Millais. Vous a-t-il fait du mal ?

Elle fit ralentir son cheval au petit trot, et il l'imita.

Tournant la tête, elle l'observa quelques instants, parut sur le point de dire quelque chose et se ravisa.

— Laissons le passé là où il est, finit-elle par lâcher.

Hugh aurait voulu en savoir plus, mais il ne pouvait pas l'obliger à parler si elle ne souhaitait pas se confier.

— Fort bien, Eleanor. Permettez-moi alors de vous demander où vous avez appris à monter à cheval ainsi. C'est impressionnant.

— Pour une femme, vous voulez dire ?

— À ce sujet... Je crois bien que je vous dois également des excuses.

— Pour avoir dit ce que vous pensiez être vrai ?

— Non. Pour vous avoir provoquée à dessein.

Il la regarda plisser le front, vit la confusion marquer ses traits.

— Je tiens à mieux vous connaître, Eleanor. Nous allons nous marier demain, et je ne sais toujours rien de vous.

Elle eut une petite moue perplexe.

— Et vous pensez qu'il s'agissait de la meilleure approche ?

— Non. C'était une erreur.

Il soupira.

— Encore qu'il me semble que nous parlons maintenant plus librement, comme le ferait un véritable couple… Si tant est que j'aie la moindre idée de ce qu'est un véritable couple.

Quand le regard d'Eleanor croisa le sien, il vit qu'elle s'était radoucie.

— Avez-vous toujours été soldat, Sir Hugh ?

— Depuis mon plus jeune âge. D'abord écuyer de Lord Anderville, j'ai rejoint la maison du comte d'Oxford, où j'ai fini par accéder au rang de chevalier.

— Et votre vie a changé quand vous avez sauvé la vie du roi.

Hugh haussa les épaules.

— Je ne sais pas ce que vous avez entendu à mon sujet, mais sur les champs de bataille, les événements sont confus et imprévisibles.

— Vous me surprenez.

— À cause de mon héroïsme supposé ? Je suis un bon soldat, Eleanor, mais il y en a des milliers comme moi. Parfois, il suffit d'un peu de chance.

Elle parut surprise.

— Et de talent, je présume.

— Sans doute. Mais cela ne suffit pas toujours. Quantité d'hommes valeureux ne sont jamais rentrés chez eux.

— Je sais.

Elle hocha la tête.

— Beaucoup de nos villageois ne sont pas revenus de Bouvines.

À mi-voix, elle ajouta :

— La bataille qui a marqué le début des ennuis de l'Angleterre.

Hugh lui coula un regard en biais, impressionné par son judicieux entendement de la situation politique.

— En tout cas, cela n'a fait qu'amplifier la mésentente entre le roi et les barons du Nord.

— Et les tourments du roi nous affectent d'autant plus.

Eleanor laissa passer un silence.

— Quoi qu'il en soit, je vous remercie pour vos excuses, et je voudrais vous présenter les miennes. Mon comportement ne seyait guère à une lady.

— Vous oubliez que vous ne maîtrisez pas les manières de la cour.

Il s'autorisa un petit rire.

— Vraiment, il n'est pas nécessaire de vous excuser, Eleanor. Je trouve remarquable, compte tenu de mon attitude provocante, que vous ne m'ayez pas souffleté au lieu de me défier à la course.

— Une course que j'ai gagnée.

— En trichant.

Il rit et vit une étincelle amusée s'allumer dans les yeux d'Eleanor. Elle avait de l'esprit, cette jeune personne qui serait bientôt son épouse.

Le trajet du retour se fit au pas, et dans un silence apaisé. Hugh avait l'impression d'un agréable compagnonnage n'exigeant pas de se parler pour se comprendre. En tout cas, il lui semblait qu'il n'y avait plus entre eux ni rancœur ni appréhension.

— Sir Hugh, dit soudain Eleanor d'une voix hésitante. Mon mariage avec Richard n'était rien moins qu'un désastre.

— Je l'avais deviné.

— Vraiment ? Vous comprendrez donc que je ne veuille pas d'une nouvelle union imposée.

— Hélas, vous savez qu'il est impossible d'y échapper. S'il avait existé un moyen, croyez bien que j'aurais tout fait pour vous épargner cela.

— Mais je ne suis pas une femme faite pour le mariage !

Était-ce ce que Millais lui avait dit ? Connaissant un peu le personnage, Hugh pensait plutôt que les torts revenaient à celui-ci. Débauché notoire, Millais n'avait en rien l'étoffe d'un bon mari.

Exerçant une pression sur les rênes, il mit son cheval à l'arrêt, et invita Eleanor à faire de même.

— Milady, je comprends vos réticences, mais laissez-moi vous rassurer.

Il inclina la tête.

— Ne parlons plus de passés désastreux mais d'avenirs radieux.

— Fort bien, Sir Hugh. Qu'il en soit ainsi.

Le sourire qui planait sur ses lèvres était ténu, mais il n'avait rien de factice.

Il lui rendit son sourire et sentit revenir sa bonne humeur pour la première fois depuis… Eh bien, depuis qu'il avait appris qu'il allait devoir se marier.

— Merci, milady. Je sais que le roi en sera ravi.

Le sourire d'Eleanor disparut.

— Naturellement, Sir Hugh. Et si nous rentrions, à présent ?

Elle talonna sa monture et partit devant, le laissant à ses interrogations.

Il ne savait pas ce qui s'était joué entre eux aujourd'hui, mais force était de reconnaître que cette promenade à cheval ne ressemblait en rien aux précédentes.

3

La grand-salle de Tallany Castle n'avait pas connu un tel faste depuis une génération.

De somptueuses tapisseries avaient été accrochées aux murs de pierre ; les tables, composées de planches posées sur des tréteaux, avaient été couvertes de lin et garnies de fleurs et de luxuriants feuillages.

Les tranchoirs regorgeaient de faisans, de poulets et de viande de bœuf marinée dans moult épices, accompagnés d'amandes et de figues, le tout servi avec un vin venu des terres ancestrales d'Eleanor, situées en Gascogne. Suivraient des mets sucrés : coings confits, compotes, biscuits au gingembre et au miel...

La pièce vibrait du bruit des conversations et des rires, que peinait à couvrir la voix d'un troubadour.

À la table d'honneur, dressée sur l'estrade seigneuriale, Eleanor tourna la tête et vit que Sir Hugh, à présent Lord Tallany, son mari, l'observait.

Elle détourna aussitôt les yeux, mais eut le temps de le voir esquisser un sourire en coin.

Elle devait cesser de le regarder à la dérobée, ou bien il finirait par croire qu'elle souhaitait attirer son attention. Cependant, elle pouvait difficilement l'ignorer maintenant qu'ils étaient mariés - ce qu'elle avait pourtant fait depuis leur retour de promenade, la veille.

Eleanor ne pouvait y songer sans se sentir mortifiée. Quand elle avait accepté cette sortie, son intention n'était pas de trahir ses émotions ! Mais Hugh était doué pour attirer les confidences.

Cela la mettait mal à l'aise de savoir qu'il avait la capacité de passer outre ses défenses. Avant d'être son époux, il était un homme du roi. C'est pourquoi elle devait le tenir à distance et ne pas trop s'attacher à lui.

Tout d'abord, il devait rester dans l'ignorance de ses activités illégales. Il était impératif qu'elle ne mette pas en danger la sécurité des siens, et qu'elle ne détruise pas tout le travail qui avait été fait pour saper l'autorité royale.

Quant à *l'autre chose*... Eh bien, il y avait cette crainte de ce qui allait suivre les festivités de mariage... La nuit de noces.

Alors qu'elle s'enjoignait à ne plus y penser, elle eut la surprise de voir entrer Lord Edmund Balvoire. L'air agacé, l'homme regarda autour de lui, puis présenta une missive scellée à Gilbert, qui se tenait à proximité de l'entrée.

Que venait faire ici, et en une occasion pareille, ce répugnant personnage, aux mines cauteleuses et au comportement volontiers graveleux avec les servantes et les paysannes des alentours ?

Eleanor regarda avec intérêt Gilbert apporter la missive à Hugh.

— Tout va bien ? demanda-t-elle en voyant son mari grimacer après avoir terminé de lire le message. J'espère qu'aucun trouble ne règne.

— Pas plus que d'habitude, Eleanor. Il semblerait que

ces hors-la-loi et leur chef, le Renard, comme il lui plaît de se faire nommer, ont été vus sur les terres d'Edmund Balvoire. Ils ont dérobé la collecte de taxes destinée à la Couronne.

— C'est affreux.

Eleanor dissimula un sourire entendu derrière son gobelet, tandis qu'elle buvait une gorgée de vin.

— Balvoire sollicite l'aide du roi.

Hugh parlait bas, et d'un ton qu'elle ne l'avait jamais entendu employer.

— Je ne vais pas tarder à les arrêter, et croyez bien qu'ils imploreront la miséricorde du Seigneur. Surtout le Renard.

Eleanor déglutit trop vite et se mit à tousser.

— Veuillez excuser ma brutalité, milady. Mais ne parlons plus de cela et profitons de la fête.

Eleanor était consciente de la tension qui émanait de Hugh, et cela lui rappela qu'elle devait faire preuve de la plus grande prudence.

Le danger était partout autour d'elle. Une seule erreur pourrait être fatale.

L'ode du troubadour se termina par des félicitations générales, et les musiciens entamèrent un air familier.

Lord Hugh, ainsi qu'il fallait désormais l'appeler, se leva et vint s'incliner devant Eleanor, en tendant la main. Elle se leva à son tour, un peu maladroitement, fit une révérence à son mari et accepta sa main. Ensemble, ils descendirent de l'estrade et entamèrent la danse d'ouverture, tandis que les convives criaient, sifflaient et tapaient leurs gobelets sur les tables.

Hugh et Eleanor se rapprochèrent, les mains levées au-dessus de leur tête, et s'encerclèrent l'un l'autre, réalisant les gracieuses figures de la danse.

— Vous semblez distrait, observa Eleanor.

Elle en ressentit de la culpabilité, car elle savait qu'elle était la cause des préoccupations de Hugh.

— Je le suis, en effet. Pardonnez-moi.

Ils continuèrent à évoluer au rythme de la musique et chaque effleurement de ses doigts, chaque regard appuyé mirent en émoi les sens d'Eleanor.

Il était fâcheux que Hugh fût aussi séduisant, avec ses cheveux noirs légèrement ondulés et ses larges épaules qui tendaient sa tunique lie-de-vin rebrodée de fils d'argent.

Sa haute stature dépassait celle de tous les hommes présents, et ses yeux d'aigle ne laissaient rien passer. Même la cicatrice qui coupait en deux son sourcil gauche ajoutait à sa prestance.

Une fois encore, elle ressentit de la nervosité à l'idée de ce qui allait suivre et, une fois encore, elle s'obligea à ne pas y penser.

— Je dois dire que vous êtes étonnamment agile et gracieux pour un homme de votre corpulence.

— Seriez-vous encore plus étonnée de savoir que je prise grandement la musique, la danse et les festivités ?

— En effet. Tout comme vous serez sans doute surpris de savoir que je n'aime rien de tout cela.

— Votre refus de paraître à la Cour et vos terribles manières en sont une bonne indication, ne pensez-vous pas ?

Eleanor ne put retenir un petit rire.

— Ah, voilà qui est mieux. Vous étiez si calme depuis notre promenade d'hier… Je me demandais comment vous sortir de votre torpeur. Encore que votre tempérament, s'il est fort original, ne doive s'apprécier qu'à très petites doses.

Non seulement Hugh ne manquait pas d'humour, mais il faisait tout pour la mettre à l'aise. Et cela fonctionnait presque. Mais il ne le fallait pas. À aucun moment elle ne devait baisser sa garde.

Elle devait garder à l'esprit que Hugh de Villiers était un homme du roi et le resterait toujours, tout comme l'avait été son premier mari. Richard aussi avait été jeune, beau et viril. Lui aussi avait été charmant, attentionné et compréhensif... Au début.

Lorsqu'elle avait rencontré pour la première fois Sir Richard Millais, le sourire enjôleur et la galanterie sans faille de ce dernier l'avaient subjuguée. Elle s'était sentie incroyablement chanceuse, imaginant que ce preux chevalier la sortirait de la solitude et de l'incertitude dans lesquelles le décès de son père l'avait plongée.

Mais tout cela n'avait été qu'un mensonge. Un terrible mensonge. Elle avait été si naïve...

Richard n'était pas un chevalier héroïque, mais plutôt l'incarnation du diable en personne. Il avait cherché à la briser moralement, à la rendre docile et obéissante.

Bien sûr, elle avait refusé de plier. Plus il la punissait, plus elle lui tenait tête. Il voulait la faire pleurer, qu'elle demandât grâce, mais elle l'en avait privé. Jamais elle n'avait montré à quel point elle avait peur de lui, ni n'avait trahi la moindre émotion.

Pas de larmes. Jamais.

Eleanor reporta son attention sur Hugh. Ce dernier l'observait avec perplexité. Après un soupir, il lui prit la main et la fit tournoyer.

— Je crains de ne pas avoir été tout à fait honnête avec vous, milady, murmura-t-il en faisant un pas de côté, avant de passer derrière elle.

— Oh ? Et comment cela ?

Il se tenait très près d'elle, et son souffle tiède lui chatouillait la nuque.

— Ayez pitié de moi, Eleanor, murmura-t-il à son oreille.

— Que voulez-vous dire, milord ?

Il la saisit par la taille et la fit pivoter vers lui.

— Vous promettez d'être douce et patiente avec moi, n'est-ce pas ?

Ah, ce sourire en coin...

— Douce et patiente ? répéta-t-elle.

Il plongea ses magnifiques yeux verts dans les siens.

— N'oubliez pas que je suis un mari novice, et que j'ai besoin d'être guidé par ma nouvelle épouse.

Il recommençait, essayant de la mettre à l'aise, de faire en sorte qu'elle ressente moins d'anxiété.

— Je crois que vous vous en sortirez très bien, milord.

— Sous votre excellente tutelle, je n'en doute pas.

Le badinage était une chose, mais Eleanor savait qu'elle ne pouvait faire confiance à cet homme. Ses paroles enjôleuses, ses sourires charmeurs n'avaient d'autre but que de l'apaiser, afin qu'elle consente à leur nuit de noces.

Et si elle ne consentait pas ? La prendrait-il de force ?

Cette pensée lui arracha un frisson.

Il lui avait promis des lendemains enchanteurs, qui lui feraient oublier son triste passé. Mais elle ne le croyait pas. Hugh était peut-être un valeureux combattant, croyant encore aux codes poussiéreux de la chevalerie, mais il n'était pas son héros.

Les héros n'existaient pas. Cela faisait bien longtemps qu'elle l'avait appris.

Hugh tapotait du bout des doigts sur la table, en se demandant combien de temps encore il allait devoir regarder l'amuseur public jongler, et entendre les habituelles plaisanteries de mauvais goût au sujet de la nuit de noces.

Eleanor avait quitté la salle depuis un moment, avec sa femme de chambre Brunhilde qui serait chargée de la préparer pour le cérémonial du coucher.

Hugh soupira. Même s'il attendait avec impatience cette partie de la soirée, il ne pouvait se départir d'une certaine forme d'anxiété.

S'il avait envie de partager la couche d'Eleanor, le désir qu'il éprouvait pour elle lui donnait l'impression d'être redevenu un jouvenceau inexpérimenté. Il était conscient aussi de la vulnérabilité de son épouse et ressentait le besoin de la protéger. Eleanor avait été meurtrie au cours de son précédent mariage, cela se devinait à son regard affligé, et cette nuit serait assurément une épreuve pour elle.

Il tenait à l'assurer qu'elle n'avait rien à craindre de lui. Il voulait la confiance d'Eleanor, même s'il lui était difficile d'accorder la sienne, surtout aux femmes.

Après tout, celle qu'il avait aimée corps et âme, Anaïs Courville, celle avec qui il imaginait passer tout le reste de sa vie l'avait trahi. Il lui en était resté une amertume qui demeurerait indélébile. Plus jamais il ne laisserait une femme lui piétiner le cœur comme Anaïs l'avait fait.

Mais la nature de sa relation avec Eleanor était tout

autre. Une fois le devoir conjugal accompli, il se mettrait en retrait et la laisserait vaquer à ses propres occupations. Il serait le genre d'époux qu'Eleanor souhaitait : respectueux et courtois, mais distant. Loin de se montrer envahissant, il lui laisserait toute la liberté qu'elle pouvait désirer, ce qui lui permettrait par ailleurs de mener à bien la mission que lui avait confiée le roi.

Même l'irruption de Lord Balvoire et sa demande d'une intervention punitive n'avaient pas réellement imprégné son esprit. Ses pensées étaient tout entières tournées vers sa nouvelle épouse et cette nuit.

Posant sur la table son gobelet de bière à peine entamé, il bondit sur ses pieds.

Hugh frappa à la porte de la chambre et entra au moment où Brunhilde tirait les lourdes courtines autour du lit, ne laissant visible qu'une étroite ouverture.

Prenant appui contre le mur de pierre, il croisa les bras sur son torse et observa le père Thomas qui agitait un encensoir aux quatre coins de la pièce, en psalmodiant des vœux de fertilité et de bonheur.

Les invités, qui s'étaient précipités à la suite de Hugh, s'entassaient dans l'antichambre et tentaient d'apercevoir quelque chose, mais le père Thomas et Brunhilde les chassèrent avec fermeté et sortirent à leur tour, en fermant la porte derrière eux.

Hugh écarta lentement le rideau et découvrit Eleanor assise contre les oreillers de plume, vêtue d'une ample camisole de nuit en lin. Ses cheveux détachés lui encadraient le visage et cascadaient jusqu'à sa taille. Elle se mordillait nerveusement la lèvre inférieure, et dans ses yeux sombres piquetés de paillettes d'or dansait une lueur d'anxiété.

Hugh avait un choix à faire. Soit il se glissait dans le lit et la faisait sienne, comme il en avait le droit, soit il attendait.

S'il brûlait de la posséder, ne fût-ce que pour légitimer leur mariage, il devinait que les expériences passées d'Eleanor l'avaient heurtée. S'il faisait preuve d'une trop grande impatience, leur avenir en souffrirait.

— J'espère que la journée n'a pas été trop épuisante pour vous, Eleanor.

— Comme vous le voyez, je vais bien, dit-elle d'un ton neutre. Et vous, milord ?

— Oui, bien sûr.

Non, il n'allait pas bien. Avec un soupir, il se passa la main dans les cheveux.

— Vous en êtes sûr, milord ?

— Oui. Et appelez-moi Hugh.

Il s'assit sur le bord du lit, la bouche incroyablement sèche soudain, tandis que, encore indécis, il observait Eleanor.

— Vous semblez plus nerveux que moi, Hugh.

— Je le suis.

Il lui sourit.

— Dites-moi ce que vous voulez.

Le regard d'Eleanor exprima la confusion.

— Je ne comprends pas...

— Ceci est un moment privé. Ce que nous choisissons d'en faire ne regarde que nous.

— C'est notre nuit de noces. Notre mariage n'aura pas valeur légale si nous ne le consommons pas.

— C'est exact, mais personne n'a besoin de le savoir.

Nous ne sommes pas obligés de faire quelque chose que vous ne voulez pas.

Le premier moment de surprise passé, Eleanor secoua la tête et détourna le regard.

— Non. Je vous remercie pour votre considération, mais je préfère en finir maintenant et passer très vite à autre chose.

— Fort bien.

D'un geste très doux, Hugh posa une main en coupe sur la joue d'Eleanor et lui caressa les lèvres du bout du pouce. Puis il s'inclina vers son visage, laissant un moment sa bouche en suspens au-dessus de la sienne pour lui permettre de le repousser.

À sa grande surprise, ce fut Eleanor qui se redressa pour venir lui effleurer les lèvres d'un baiser fugitif.

C'était un baiser léger, à peine ébauché, mais cela suffit pour que le corps de Hugh fût traversé par un frisson violent.

Enhardi, il l'attira avec force contre lui et s'empara de sa bouche avec fougue, tandis que ses mains la couvraient de caresses fiévreuses.

Vacillant sous le choc, Eleanor enfouit les doigts dans l'épaisse chevelure brune de Hugh, savourant l'audacieuse caresse de sa langue qui prenait possession de sa bouche tout entière, tandis qu'une chaleur insoutenable lui envahissait le ventre.

Jamais Richard ne l'avait embrassée de cette façon. Pas une fois il n'avait su éveiller en elle cette réaction passionnée.

Par tous les saints, que lui arrivait-il ?

Ce baiser ressemblait à une noyade, un peu comme si une force mystérieuse l'attirait vers un lieu profond et obscur d'où elle ne pourrait jamais revenir.

C'était de la folie !

Elle aspirait à autre chose... Elle voulait explorer ce plaisir sensuel dont elle ignorait jusqu'alors l'existence.

Les étreintes que lui imposait Richard étaient centrées sur la cruauté et la domination, et elle sentit que ce serait totalement différent avec Hugh. Pourtant, au fond de son esprit, une petite voix la mettait en garde contre la perte de contrôle, et les risques qu'il y avait à se laisser entraîner vers un monde inconnu.

C'était trop rapide, et cela devait cesser.

Ouvrant les yeux, Eleanor posa les mains à plat sur le torse de Hugh pour le repousser et roula vers le côté opposé du lit, en bataillant avec sa chemise qui s'entortillait autour de ses jambes.

Assise sur le rebord du matelas, tournant le dos à Hugh, elle entendait le rythme saccadé de sa respiration.

Serrant les poings, elle attendit le déchaînement de colère qui allait suivre.

Rien de tel ne se passa.

Après un soupir, Hugh se leva et contourna le lourd coffre à linge ouvragé posé au pied du lit.

Du coin de l'œil, elle le vit aller jusqu'à une desserte, soulever un pichet d'argent et verser de la bière dans deux gobelets.

En deux grandes enjambées, il fut devant elle et lui présenta un gobelet.

— Merci, murmura-t-elle.

Le regard braqué sur ses pieds, tandis qu'elle faisait tourner le gobelet entre ses mains, elle ajouta :

— J'ai préparé moi-même la bière de mariage, en y ajoutant des épices et du miel.

— C'est délicieux, déclara Hugh, après avoir bu une grande gorgée du liquide aromatisé.

Un silence embarrassé s'installa.

— Eleanor, regardez-moi.

Hugh lui prit gentiment le menton entre ses doigts.

— Je vous prie d'excuser mon impatience.

Elle rejeta la tête en arrière pour éviter le contact.

— Il est inutile de vous excuser.

— Je crois que si. Et j'ai l'impression que je finis par en faire une habitude.

Eleanor haussa les épaules, en espérant paraître indifférente. Mais son esprit était la proie de pensées confuses. Il était à la fois inattendu et surprenant que Hugh s'excuse parce qu'elle était réticente à accomplir son devoir conjugal. Jamais aucun homme de sa connaissance, chevalier ou noble, et encore moins son mari, ne s'était excusé auprès d'elle. Cependant, Hugh de Villiers ne semblait pas trouver cela humiliant.

— Il est naturel pour un homme de se sentir impatient au moment de sa nuit de noces. C'est ma réaction qui ne l'est pas.

Elle chercha son souffle, puis poursuivit :

— Mais vous devez savoir que l'acte intime me répugne.

Voilà, elle l'avait dit ! Peut-être chercherait-il une autre femme pour réchauffer sa couche, pendant qu'elle ferait mine de l'ignorer ?

Il haussa un sourcil, mais ne fit aucun commentaire, et elle se sentit dans l'obligation d'en dire plus.

— Vous n'êtes en rien responsable. C'est entièrement

ma faute. Je vous ai dit hier que je n'étais pas faite pour le mariage. Je ne suis pas normale, Hugh.

— Je suppose que c'est ce que Millais vous a dit ? Eh bien, sachez qu'il se trompait.

— Quand bien même... Je porte de terribles meurtrissures morales. Quelque chose s'est brisé en moi.

Hugh l'enveloppa d'un regard compatissant, comme s'il comprenait son tourment, devinant peut-être ce qu'elle n'osait pas dire.

— J'apprécie votre honnêteté, Eleanor. Mais je ne suis pas Millais. Vous devez comprendre que vous n'auriez jamais dû connaître ce qu'il vous a fait subir. Et si quelqu'un était anormal, c'était lui, pas vous.

Il mit un genou à terre, posa son gobelet au sol et lui prit la main.

— Écoutez-moi. Je n'ai jamais forcé une femme qui ne voulait pas s'offrir. Et je ne vais pas commencer aujourd'hui. Je veux que vous veniez à moi de votre plein gré. S'il faut attendre, eh bien, j'attendrai. Cette nuit, je dormirai à la dure sur les nattes en jonc du sol, et demain, je demanderai à mon écuyer de me faire porter une paillasse.

— Et si je ne viens jamais à vous ?

— C'est un risque que je suis prêt à courir. Mais sachez que cette intimité que vous trouvez si répugnante est précisément tout le contraire.

Eleanor eut une petite moue dubitative.

— Il nous faut du temps pour apprendre à nous connaître, plaida Hugh.

— Sans doute, mais n'espérez pas que je vous donne mon cœur. Mon château, mes terres et ma fortune sont à vous… Même mon corps est votre propriété. Mais vous n'aurez jamais mon cœur.

Elle vit Hugh se figer, les paupières étrécies, les lèvres pincées en une ligne étroite.

C'était exactement le genre d'attitude qui avait exaspéré son premier mari et avait donné lieu aux punitions qu'il lui avait infligées.

— Je ne crois pas avoir jamais réclamé votre cœur, pas plus que je ne vous ai offert le mien, dit-il en se relevant.

Il reprit lentement son souffle et poursuivit, d'une voix radoucie :

— Vous êtes une femme intelligente, et nous savons tous les deux que cette alliance a été décidée contre notre volonté. Mais c'est ainsi, et nous devons en tirer le meilleur parti.

Après un silence, il conclut :

— Je souhaiterais donc que vous m'autorisiez à vous courtiser. Dans les règles de l'art, cette fois.

Eleanor l'observa avec méfiance. Hugh de Villiers semblait gentil et compréhensif, mais il était quand même un homme habitué à parvenir à ses fins.

Pouvait-elle croire qu'il ne chercherait pas à la forcer si elle persistait à se refuser à lui ? Pour le moment, il affirmait qu'il était disposé à attendre. Mais pour combien de temps ? Ne viendrait-il pas un moment où il perdrait patience ?

Il n'existait aucun moyen de le savoir, et elle n'était pas naïve au point de prendre tout ce qu'il disait pour argent comptant.

Elle finit par hocher prudemment la tête.

— Fort bien, milord. Vous êtes autorisé à me courtiser.

— Je vous en sais infiniment gré.

Ayant repris son gobelet, il en vida le contenu d'un trait.

— Je crois que j'ai ce qu'il faut pour occuper cette soirée. À moins que vous préfériez dormir ?

Dormir ?

Hugh de Villiers pensait-il vraiment qu'elle pourrait dormir en sachant qu'il partagerait la chambre avec elle ? Même s'il couchait par terre sur une natte, même si elle était à l'abri derrière les courtines de son lit soigneusement tirées, il serait toujours là, dans la même pièce.

— Non, répondit-elle, je n'ai nulle envie de dormir.

— Dans ce cas, je vais vous faire découvrir quelque chose d'exceptionnel.

Intriguée, Eleanor le regarda se diriger vers sa malle de voyage, que les serviteurs du domaine avaient installée dans cette chambre qui était aussi désormais la sienne, et en sortir un objet rectangulaire enveloppé dans une feutrine, sur lequel reposait une bourse de cuir.

— En dehors de mon cheval et de mon épée, il s'agit de mon bien le plus précieux.

Il déposa l'objet sur une table pliante, placée près de la fenêtre en ogive et encadrée de deux chaises à bras.

— Avez-vous déjà entendu parler des échecs ?

Eleanor écarquilla les yeux.

— Vous voulez pratiquer un jeu de société *maintenant* ?

Décidément, cette nuit de noces prenait un tour des plus étrange et inattendu.

— Ah, mais les échecs sont plus qu'un jeu, Eleanor.

Dénouant le ruban qui maintenait la feutrine en place, Hugh révéla un plateau de bois composé de cases rouges et jaunes alternées en damier. De la bourse de cuir, il sortit ensuite des figurines d'ivoire et d'ébène délicatement sculptées, qu'il disposa sur l'échiquier.

— C'est une affaire de stratégie et de prise de pouvoir sur votre adversaire. Le roi Richard était un maître en la matière, de même que son père et son grand-père.

— Je l'ignorais.

— Et le comte d'Oxford nous encourageait tous à jouer, car il pensait que cela développait les qualités nécessaires à un bon chevalier.

Eleanor croisa le regard de Hugh et sourit malgré elle. Voilà un défi qu'elle se plairait à relever pour éprouver son esprit.

Elle se leva, s'approcha de la table et, du bout des doigts, effleura le bois du plateau.

— Il est magnifique. Où l'avez-vous eu ?

— Demandez-moi plutôt comment je l'ai gagné.

Il lui adressa un clin d'œil.

— C'était en jouant contre un chevalier poitevin, un peu trop sûr de lui, qui prétendait être le meilleur joueur de toute la chrétienté, et qui l'avait lui-même gagné en battant un Maure de Grenade. Naturellement, il fallait que je conteste cette affirmation.

— Naturellement...

Eleanor se retint de rire devant l'absurdité de cette soirée.

— Êtes-vous prête à relever le défi, milady ?

— Certainement. Comment joue-t-on ?

Il lui désigna une chaise et s'assit en face d'elle.

— Maintenant, soyez attentive, Eleanor. Voici les pions, au nombre de huit, qui avancent d'une case à la fois et attaquent en diagonale.

— Ce n'est guère rapide.

— Mais très pratique pour prendre une pièce adverse. Et ils peuvent être promus.

— Au rang de roi ?

— Aucune pièce ne le peut, ma chère. Il n'y a qu'un seul et unique roi.

— Certes.

— Vous avez également deux fous, deux cavaliers et deux tours. Et bien sûr, un seul roi et une seule reine.

Eleanor écouta attentivement tandis que Hugh expliquait de quelle façon chaque pièce se déplaçait. Elle eut un peu plus de mal à mémoriser le cas particulier du cavalier, qui se déplaçait en L, c'est-à-dire de deux cases horizontalement ou verticalement, puis d'une case à la perpendiculaire.

— Et quel est le but du jeu ?

Hugh eut un petit rire entendu.

— Mais de piéger le roi, bien sûr, et de le mettre en échec. Lorsqu'il est totalement acculé et ne peut plus faire aucun mouvement, on emploie l'expression « échec et mat ». Si je ne fais pas erreur, ce jeu possède des origines indo-persanes. L'expression viendrait donc de la locution orientale « shah mat » qui signifie littéralement « Le roi est mort ».

— Comment savez-vous tout cela ?

Hugh eut une petite moue faussement modeste.

— Lorsqu'on veut devenir le meilleur dans un domaine, il faut acquérir le plus de savoir possible.

— Je comprends. Mais... êtes-vous un maître des échecs ?

— À vous de le découvrir, milady.

Il lui octroya à nouveau un clin d'œil.

— Sachez que même le roi Jean n'a jamais réussi à me battre, et il joue pourtant depuis l'enfance.

Hugh jouait aux échecs *avec le roi* ?

— Vraiment ? Eh bien, nous verrons…

— J'aime votre esprit de combativité. Sachez seulement qu'il s'agit d'un jeu très lent. Cela peut prendre plusieurs jours pour parvenir à une conclusion.

— Il me semble que nous avons le temps.

— Assurément. Du moment que je puis consacrer mes journées à traquer le Renard, je suis tout à votre disposition la nuit.

Il désigna le plateau.

— À vous l'honneur, Eleanor.

— Combien de cases pour le pion, déjà ?

— Une seule. Mais, pour votre premier mouvement, vous pouvez avancer de deux cases.

— Je crois que je vais me contenter d'une seule.

Il approuva d'un hochement de tête.

— Comment pouvez-vous être sûr de capturer les hors-la-loi ?

— Tout comme aux échecs, j'aurai besoin de stratégie pour déjouer leurs ruses. Un jour, ils feront une erreur, même infime, et je serai là.

— Je vois…

— Ne vous inquiétez pas. Je les trouverai.

Hugh poussa un pion.

— Vous pouvez me faire confiance, Eleanor.

Lui faire confiance ? Elle en était bien loin. Il y avait tant de choses à penser que la tête lui tournait.

Son nouveau mari semblait enclin à la connaître, mais elle ne le permettrait pas.

C'était beaucoup trop dangereux.

La voyant hésiter devant l'échiquier, il sourit, l'air persuadé qu'il allait gagner haut la main.

— Je vois déjà que la partie va durer des heures, Eleanor. Êtes-vous sûre de vouloir relever un tel défi ?

Oui, elle jouerait cette partie, mais cela ne signifiait pas qu'elle tisserait avec Hugh des liens plus étroits.

Elle était certaine qu'il redoublerait d'efforts pour capturer ses amis hors-la-loi, ce qui voulait dire qu'elle devait se montrer extrêmement vigilante.

Que ferait Hugh s'il découvrait que les hommes qu'il recherchait bénéficiaient de son aide secrète ?

Un frisson courut dans le dos d'Eleanor.

Il était impossible de savoir comment il réagirait. Surtout s'il découvrait qu'elle faisait en réalité partie de la bande.

Et son rôle n'était pas des moindres, puisque le Renard...

C'était elle.

Elle relâcha doucement son souffle.

— Oui, je suis prête, dit-elle.

Prête à gagner cette partie d'échecs.

Prête à protéger coûte que coûte son secret.

4

Dans la clairière, les lames s'entrechoquaient en un cliquetis métallique.

Hugh feinta à droite et faillit réussir une attaque surprise vers l'épaule de son adversaire. Ce dernier fut cependant plus rapide et parvint à esquiver le coup.

Autour d'eux, quelques villageois curieux s'étaient rassemblés pour observer l'entraînement des bretteurs et des archers.

Face à une nouvelle attaque, Hugh riposta avec une redoutable rapidité.

Des gouttes de sueur coulaient de son front. C'était parfait. Il avait besoin d'évacuer sa frustration.

En effet, s'il avait été bien inspiré de proposer à Eleanor cette partie d'échecs - qui durait déjà depuis *deux* semaines, il commençait à prendre ombrage de sa froideur.

Durant le jeu en lui-même, elle se montrait amicale et rieuse, l'étonnant par son intelligence et son sens de la stratégie. Et quelque chose lui disait que c'était là la vraie Eleanor. Puis, dès que l'heure du coucher arrivait, elle le chassait, se réfugiant derrière les courtines de son lit.

Il comprenait que sa réticence avait à voir avec les mauvais traitements que lui avait infligés Millais, mais elle devait comprendre qu'il n'était pas comme son premier mari.

Comment la convaincre ?

Malgré tous ses efforts pour mieux la connaître, elle persistait dans son indifférence.

Et, que le Seigneur en soit témoin, il en devenait fou.

Nuit après nuit à dormir dans la même chambre, à l'entendre bouger et murmurer dans son sommeil, à guetter son souffle... C'était plus qu'un homme pouvait endurer.

La lame de son adversaire franchit sa garde. Perdu dans ses pensées, il n'avait rien vu venir.

— Tu n'es pas concentré !

Hugh croisa le regard bleu, amusé, de son ami, Sir William Geraint. L'homme avait prêté le serment de chevalier le même jour que lui, et ils se considéraient depuis comme des frères.

— C'est vrai, reconnut-il.

Il était trop distrait pour être un adversaire de qualité aujourd'hui.

— Tu es un homme taciturne, mon vieil ami, mais cela devient ridicule. Cela fait une journée que je suis là, et tu n'as pas dit un mot.

— Tandis que toi, Will, tu es toujours enclin à bavarder, même au combat. Tu serais mieux en compagnie des dames.

— Il se trouve qu'elles apprécient grandement ma galanterie.

— Que tu dis !

— Cela m'a été rapporté par de nombreuses, et de qualité.

— Sans parler des filles légères.

— Ah, mais j'ai l'esprit trop chevaleresque pour juger de la vertu des dames.

— Dis plutôt que tu n'es pas très regardant sur celles que tu mets dans ton lit.

— Détrompez-vous, Sir Hugh.

Will exécuta un salut théâtral.

— Pour toi, ce sera Lord Hugh de Villiers de Tallany.

— Eh bien, il semblerait que tu n'aies pas trop mal tiré ton épingle du jeu.

— S'il te plaît de le croire. Mais sache, mon vieil ami, que tout n'est pas rose.

— Comment cela ?

Peut-être parce qu'il n'avait toujours pas consommé son mariage ?

Mais c'était un aveu que Hugh ne ferait jamais.

— Pour commencer, je n'ai pas réussi à mettre la main sur ce fichu Renard et ses hommes.

— Cela viendra. Ce n'est qu'une question de temps.

Oui, Hugh allait devoir faire preuve de patience.

Chose curieuse, les hors-la-loi n'avaient pas été vus depuis le mariage. On ne les avait signalés nulle part. Cela signifiait qu'il ne serait pas facile de retrouver leur trace. En outre, Hugh avait l'esprit occupé ailleurs, et il avait du mal à se concentrer sur cette mission.

— Il faudrait que j'organise un guet-apens...

— Eh bien, la missive que j'ai apportée de la part du roi pourrait t'aider.

— Comment cela ?

— De nouvelles taxes, Hugh. Jean a besoin d'alimenter ses caisses, et le Renard pourrait être tenté de dérober la collecte. Qu'en penses-tu ?

— Excellente idée.

— Bien. Maintenant que cette question est résolue, si tu me parlais de l'autre sujet qui te préoccupe ?

— Je ne me souviens pas avoir évoqué d'autres soucis.

— Quand je t'ai demandé en quoi tout n'était pas rose dans ta vie, tu as dit « pour commencer ». J'en déduis qu'il y a autre chose.

— Tu es fichtrement agaçant, tu sais.

— Oui, mais cela fait partie de mon charme, n'est-ce pas ?

Will éclata de rire.

— Allez, mon vieux. J'attends.

— Tu peux attendre longtemps.

Son ami soupira, feignant d'être vexé.

— Et moi qui croyais que le mariage avec une si charmante héritière t'aurait adouci. Il semblerait que je me sois trompé.

— Je te préviens, Will, je n'aborderai pas ce sujet.

— Ah bon ? Et pourquoi ?

Du coin de l'œil, Hugh aperçut soudain Eleanor qui déambulait parmi la foule des villageois, en compagnie de Brunhilde, et distribuait des paquets sortis de son panier.

Croisant son regard, elle s'interrompit un bref instant et lui adressa un signe de tête.

Will siffla entre ses dents.

— Je te conseille de ne pas dire un mot, le prévint Hugh.

— Je ne dis rien.

— Bien.

— Mais, si je pouvais te donner un conseil...

— Dont je ne veux pas, marmonna Hugh.

— Mais que je vais quand même te donner en tant qu'ami...

— Je ne t'écoute pas.

— Dans ce domaine aussi, ce n'est qu'une question de temps.

— Es-tu prêt à reprendre le combat ? demanda Hugh, en ignorant la remarque.

Ils croisèrent à nouveau le fer, exécutant une danse gracieuse, enchaînant les sixtes ou les quartes, les retraites ou les fentes, les bonds en avant et en arrière, essayant des feintes, alternant les attaques et les dégagements…

— Un mariage comme le tien n'a pas beaucoup à voir avec la personne que tu épouses, mais plutôt avec ce que tu y gagnes, dit Will. On dirait pourtant que cela compte pour toi.

— Palsambleu, Will, tu parles encore ?

— Dis-moi pourquoi tu t'en soucies.

— Il faut que je séduise Eleanor.

— Pardon ?

Un lent sourire narquois étira les lèvres de Will.

— Eh bien, eh bien… Je ne croyais pas voir le jour où une femme ne perdrait pas connaissance à ta vue.

Hugh retint un juron.

— Veux-tu bien me dire pourquoi tu as besoin de courtiser Lady Eleanor ? reprit Will. Vous êtes déjà mariés, ce me semble.

Il marqua un temps d'arrêt et donna tous les signes d'une profonde réflexion.

— Oh ! mais ta noble épouse est peut-être tout à fait insensible à ton charme, et tu voudrais gagner son cœur ?

— Non ! Cela ne m'intéresse aucunement. Je veux simplement gagner sa confiance, et lui montrer que tous les hommes ne sont pas de cruels bâtards comme l'était feu son premier mari.

Et il voulait la mettre dans son lit pour connaître tous les secrets de son corps… Mais il ne pouvait pas dire cela, même à son meilleur ami. D'abord, cela ne regardait pas Will. Et selon la loi royale, un mariage qui n'avait pas été consommé pouvait être annulé. C'était un risque qu'il ne voulait pas prendre, même s'il n'avait pas de raison de douter de la loyauté de Will.

— Tu as de la chance que je sois là, décréta ce dernier avec un sourire moqueur.

Le ciel l'en préserve !

— Comme je l'ai dit, tu dois laisser le temps à ta femme de s'habituer à toi, mais rien ne t'empêche de lui susurrer des mots doux.

— Des mots doux ?

— Mieux encore, fais appel à un ménestrel ou un troubadour pour lui vanter tes qualités chevaleresques, ou pour composer un poème d'amour courtois. Oh ! pardon ! C'est vrai, il n'est pas question d'amour mais de confiance.

Will ricana.

— Un poème de confiance courtoise… Pourquoi pas ? L'idée est nouvelle.

— Tu crois qu'il s'agit d'une plaisanterie ?

— Au contraire.

— Les mots doux n'auront aucun effet sur Eleanor.

— Fort bien. Et pourquoi pas un cadeau ?

— Un cadeau ? Pour une héritière ?

— Vraiment, Hugh, tu es désespérant. Toutes les femmes aiment recevoir des cadeaux : un ruban pour les cheveux, un ornement ou un bijou.

Du bout de son épée, Hugh souleva le lien de cuir autour du cou de Will, où était suspendu un médaillon en argent serti d'un rubis.

— Comme ce colifichet ? Laquelle de tes maîtresses t'en a fait présent ?

Une ombre passa dans le regard de Will, avant qu'il secoue la tête, avec un sourire quelque peu forcé.

— C'est un cadeau qui m'a été donné en remerciement, et j'y tiens beaucoup. Mais cela ne vient pas d'une quelconque maîtresse. Quoi qu'il en soit, ce n'est pas de moi que l'on parle, mais de toi.

— Vraiment ?

— Oui, je persiste à penser que tu devrais offrir un cadeau de mariage à ton héritière.

Hugh réfléchit un instant.

— Oui, pourquoi pas. Je reconnais que ce n'est pas une mauvaise idée.

— Ravi de t'avoir aidé.

— Pas un bijou toutefois, ni un ornement, mais peut-être des animaux.

— Des animaux ? Tu es sérieux ?

Will eut une moue dégoûtée.

— Je renonce.

D'un mouvement fluide, Hugh pivota, fit sauter l'épée de Will de sa main et pointa son cœur.

— Tu fais bien de renoncer. Reconnais-tu ton échec ?

Will grimaça.

— Je t'ai laissé gagner, tu sais. Je voulais que tu aies le beau rôle devant ta lady.

— Naturellement !

Eleanor retint son souffle en regardant son mari venir à grands pas vers elle, après avoir magistralement remporté son combat contre Sir William.

En de nombreuses occasions, elle avait discrètement observé des hommes s'entraîner, apprenant ainsi différentes techniques de combat à l'épée.

Le corps des hommes ne lui était pas inconnu, mais elle devait reconnaître qu'elle avait éprouvé un certain trouble à regarder son époux et Sir William combattre torse nu.

Ils mesuraient à peu près la même taille, et ils étaient tous les deux puissants et agiles. Mais elle n'avait jamais vu d'homme aussi bien bâti que Hugh.

La sueur faisait briller les muscles saillants de son torse et de ses bras. Oh ! Seigneur, ses bras étaient tellement…

— Bonjour, Eleanor.

Hugh s'inclina et lui adressa un sourire qui provoqua au creux de son estomac une sensation semblable à celle d'un envol de papillons.

— Bonjour, Hugh, répondit-elle.

Elle fut surprise de constater qu'elle avait la bouche terriblement sèche.

— Félicitations. C'était un beau combat.

Le sourire de Hugh s'élargit, révélant une fossette qu'elle n'avait pas encore remarquée. Il est vrai qu'elle n'avait jamais osé le regarder vraiment.

Elle détourna les yeux et remarqua une estafilade sur son bras gauche.

— Il faut nettoyer cela.

— Ce n'est rien, vraiment.

Eleanor aurait voulu insister, mais ne trouvait pas

les mots. Elle ne savait pas non plus où poser les yeux devant un tel étalage de peau et de muscles.

— Votre ami, Sir William, semble gentil.

— Gentil ?

Hugh éclata de rire.

— Galant, chevaleresque, courageux sont des épithètes qui ont davantage sa faveur.

Il avait élevé la voix de façon à ce que Will puisse l'entendre.

Eleanor sourit.

— Vous semblez proches.

— Il est comme un jeune frère agaçant mais, en effet, nous sommes proches. Nous sommes tous les deux de pauvres chevaliers sans terre. Enfin, cela vient de changer pour moi.

Will les rejoignit, complètement vêtu à présent, et s'inclina devant Eleanor.

— Bonjour, milady. Hugh ne m'avait pas menti en vantant votre grande beauté.

Eleanor inclina la tête.

— Et j'ai été impressionnée par votre art du combat, Sir William.

— Hélas, tout galant, chevaleresque et courageux que je puisse être, je n'arrive pas à la cheville de Hugh. Votre époux, milady, est une légende parmi les hommes.

— Une légende, dites-vous ?

— Assurément. Et ses talents ne se limitent pas aux tournois et aux champs de bataille. Oh ! non.

Will secoua la tête avec conviction.

— Ses manières de cour sont appréciées et irréprochables.

— Je n'en doute pas, Sir William.

Eleanor se retint de rire en voyant la réaction de Hugh. Si ses yeux avaient été des dagues, son ami aurait été transpercé sur-le-champ.

Elle décida de se joindre à la plaisanterie.

— Il se trouve que j'ai été témoin des qualités exceptionnelles de danseur de mon époux.

— Il est si léger et gracieux. Et l'avez-vous déjà entendu chanter ?

Eleanor secoua la tête.

— Non ? s'exclama Will. Mais il le faut ! C'est une voix qui pourrait faire concurrence à celle d'un troubadour.

— Il suffit, Will ! protesta Hugh.

— Voyez comme il est modeste ! Et il possède tant de talents. Vous devez absolument demander qu'il vous récite ses poèmes.

— Ne l'écoutez pas, Eleanor. Quant à toi, Will, n'as-tu pas mieux à faire ?

— Certes. Je dois assouplir le cuir de ma nouvelle selle. N'oublie pas ce que je t'ai dit, Hugh.

Il adressa un clin d'œil à son ami, avant de s'adresser à Eleanor.

— Je dois dire, milady, que Hugh n'est pas du genre à se plaindre, même quand il saigne.

— Ce n'est qu'une égratignure, protesta ce dernier.

Eleanor secoua la tête.

— Non, cela doit être nettoyé, et je vais m'en occuper moi-même. La bonne journée à vous, Sir William.

— Milady.

William s'inclina protocolairement au-dessus de la main d'Eleanor et adressa un nouveau clin d'œil à Hugh, qui grommela entre ses dents.

5

Cela avait été une erreur, une erreur majeure d'insister pour nettoyer elle-même la blessure de Hugh.

Eleanor s'en était rendu compte à l'instant où il s'était assis en face d'elle sur un banc, dans leur chambre, l'observant avec une intensité qui lui avait coupé le souffle.

À présent, seuls les craquements du feu dans l'âtre brisaient le silence.

À quoi pensait-elle lorsqu'elle s'était proposée pour cette tâche ? Quelqu'un d'autre aurait pu l'accomplir, lui épargnant l'embarras d'une telle proximité avec cet homme.

Cet homme ?

Elle devait cesser de penser à Hugh comme à une personne sans importance. Il était *son mari*, même si ce n'était que de nom pour le moment. Un mari à demi nu, et d'une beauté peu commune.

Cherchant à calmer sa respiration, elle baissa la tête et tenta de se concentrer sur sa tâche, plutôt que de loucher sur les pectoraux de Hugh.

Chaque jour, elle se demandait quand son mari finirait par exiger ce qu'elle redoutait et attendait tout à la fois. Au lieu de quoi, ils continuaient à jouer aux échecs. Dans ces moments, elle oubliait avec qui elle était et goûtait pleinement les rouages du jeu.

Mais il n'y avait pas que cela, et elle devait à l'honnêteté de reconnaître qu'elle appréciait sa compagnie. Il la traitait en égale et respectait ses opinions, même si parfois ils étaient en désaccord sur certains sujets.

Cependant, elle se sentait mal à l'aise et intimidée en sa présence quand ils ne jouaient pas.

En tant que Lady Eleanor de Tallany, ou quand elle endossait le rôle du Renard, elle avait confiance en elle. Mais en tant qu'épouse, elle se sentait démunie.

Agacée par la direction que prenaient ses pensées, Eleanor trempa une pièce de lin dans un bol d'eau tiède agrémentée de miel et continua à tamponner la plaie.

Hugh toussota pour attirer son attention.

— Eleanor ? Je pense que cela suffit comme ça.

— Hum ? marmonna-t-elle. Je vous demande pardon ?

— Il me semble que c'est assez propre.

Son regard pétillait d'amusement.

C'était à cause de ce maudit baiser ! Un baiser tellement renversant qu'elle avait du mal à ne pas y penser. Et pourtant, elle avait d'autres préoccupations, comme la distribution de victuailles aux villageois, ou la restitution de l'argent des taxes aux pauvres serfs harassés de Lord Edmund Balvoire.

— Oui, eh bien, quand je m'attelle à une tâche, je l'accomplis correctement.

— C'est bon à savoir !

Un sourire moqueur étirait les lèvres de Hugh et, tout naturellement, elle pensa au baiser - encore.

Oh ! miséricorde !

Sa réaction le soir de leur mariage avait été spontanée,

viscérale, mais elle n'était pas assez stupide pour croire que le statu quo pourrait durer éternellement.

À dire vrai, elle n'était plus aussi suspicieuse à son égard. Il respectait sa promesse de ne pas dormir dans le même lit qu'elle, et elle s'endormait désormais sans crainte, après une première nuit passée à se ronger les sangs.

La voix de Hugh interrompit ses pensées.

— Je suis content que nous ayons cette occasion de parler, Eleanor, car j'ai été surpris par quelque chose que vous avez dit la nuit dernière.

Elle plissa le front.

— Oh ? De quoi s'agit-il ?

— Je ne peux m'empêcher de penser que, bien que Tallany soit un domaine prospère, le village et ses habitants ne semblent pas en profiter. Y a-t-il une raison à cela ?

Eleanor leva la tête et croisa le regard interrogateur de Hugh. Le fait que son nouveau mari s'intéresse à Tallany était attendu, d'autant qu'il en était maintenant le nouveau lord. Mais elle n'imaginait pas qu'il se soucierait du sort des villageois.

— Je pense que cela pourrait être une conséquence des pertes en France, et des répercussions de Bouvines.

— Je comprends. Je me suis trouvé si longtemps loin de l'Angleterre que je n'avais pas pris conscience du point auquel l'échec de nos récentes campagnes avait affecté le peuple.

— Vous deviez bien vous douter que la situation ne pouvait qu'empirer après la drastique augmentation des impôts royaux.

— Quand vous êtes en guerre, vous ne voyez que la situation présente, la crise à résoudre, la bataille à remporter. Vous n'avez pas le temps de réfléchir aux conséquences.

Il soupira.

— Je suppose que cela explique pourquoi la région est envahie de hors-la-loi.

— Sans doute.

La souffrance du petit peuple avait rendu nécessaire l'intervention du Renard et de ses hommes. Mais l'obstination de Hugh à les pourchasser compliquait la tâche à Eleanor, qui avait dû suspendre momentanément ses activités, craignant pour la sécurité de tous s'ils étaient découverts.

Cependant, elle ne put retenir un commentaire.

— Quand les gens sont désespérés, tous les moyens leur paraissent bons.

— Oui, c'est compréhensible. Mais force doit rester à la loi. Sinon, nous allons droit au chaos.

Eleanor avait envie d'en dire plus, de défendre son point de vue. Mais elle tint sa langue, ne voulant pas éveiller la suspicion de Hugh.

— Cela étant posé, je veux que vous me montriez de quelle façon nous pouvons aider nos gens.

Elle l'observa sans masquer sa surprise et finit par hocher la tête.

— Fort bien, milord.

Eleanor fit de son mieux pour rester détachée, mais elle sentait faillir sa résolution. À dire vrai, elle commençait à apprécier Hugh pour de bon, et ce n'était pas sans provoquer en elle un certain trouble.

Désireuse de changer de sujet de conversation, elle se tourna pour prendre un linge sec, afin d'essuyer la peau de son mari.

— Vous avez de la chance que je n'aie pas besoin de recoudre cette plaie. Mes talents de couturière laissent à désirer.

Elle eut une petite moue narquoise.

— Je n'ai jamais prisé les travaux d'aiguille, qu'ils soient de ravaudage ou de broderie.

— Vraiment ? J'ai donc épousé une femme qui ne connaît pas les manières de la cour, qui ne sait pas danser, et qui ne maîtrise pas cet art hautement féminin qu'est la couture ?

Elle haussa les épaules.

— Que voulez-vous, mon cher, c'est ainsi.

— Je me demande si vous n'auriez pas tendance à vous déprécier.

— Absolument pas.

Le voyant étirer son bras et faire jouer ses muscles, Eleanor tourna précipitamment la tête et s'empara d'un petit bol empli d'une gelée transparente.

— Puis-je vous appliquer un peu de baume d'aloe vera ? Ses propriétés cicatrisantes sont exceptionnelles. Votre blessure n'est pas profonde, mais je ne voudrais pas qu'elle s'infecte.

Hugh sourit, et sa fossette se creusa de la plus charmante des façons.

— Allez-y. Et la diversion est habile, mais je ne suis pas le moins du monde convaincu de votre absence de talents féminins.

Seigneur, si seulement il pouvait ne pas sourire comme ça !

— C'est fort aimable à vous, mais je vous promets que je suis un cas désespéré.

Tandis qu'elle appliquait délicatement le baume sur

sa paume, d'étranges picotements lui parcoururent le bout des doigts, et elle ressentit la proximité de Hugh avec une conscience exacerbée.

— Il y a bien certaines choses pour lesquelles vous êtes douée ?

Pour survivre, peut-être ?

En tant que châtelaine, elle organisait la vie sur ses terres. Et quand elle endossait le rôle du Renard, c'était pour restituer à ses gens ce qui leur était perpétuellement arraché, et ainsi améliorer quelque peu leur ordinaire.

Levant les yeux, elle croisa le regard du nouveau maître de Tallany et reconnut qu'il avait toutes les compétences pour administrer le domaine, bien qu'il fût un homme du roi.

Que savait-elle faire de bien ? Rien qui comptât pour un homme tel que lui.

Elle aurait aimé lui faire la démonstration de sa dextérité en tant qu'archère, et observer son ébahissement tandis qu'elle atteignait encore et encore le centre de la cible avec une infinie précision. Très peu de personnes lui connaissaient ce talent et, outre qu'il y avait un danger à le révéler à Hugh, elle n'était pas certaine d'en récolter autre chose que du mépris et de l'écœurement.

Elle se leva.

— Ne bougez pas, je vais déchirer un linge pour vous faire un bandage.

D'un geste vif, Hugh lui saisit le poignet.

— Vous n'avez pas répondu à ma question, Eleanor.

Une flammèche brûlante lui courut tout le long du bras, jusqu'à la poitrine, et son cœur se mit à battre plus vite. Elle baissa les yeux, de peur qu'il ne devine l'étrange faiblesse qui soudain l'envahissait.

— Je dois dire que je ne suis douée dans aucun domaine, marmonna-t-elle.

— J'en doute fort. Pour commencer, vous vous occupez à merveille des villageois.

Elle haussa les épaules.

— C'est possible...

— C'est même certain. Je vous ai vue distribuer des paquets tout à l'heure. Je pense qu'il s'agissait de provisions, de linge, et peut-être de médications.

— À Tallany, nous prenons soin les uns des autres. Sans cela, nous n'aurions rien.

— C'est très vrai.

Il tourna les yeux vers le haut de son bras.

— Un peu comme vous prenez soin de moi, je suppose ?

— Je suppose.

À nouveau, elle haussa les épaules, évitant son regard tandis qu'il lui caressait lentement les doigts.

Elle essaya de se libérer, mais il tint bon.

Toute pensée raisonnable lui échappait, sa respiration s'altérait, tandis qu'un frisson indéfinissable la traversait.

Il lui aurait fallu protester, pourtant...

Elle savait que Hugh allait l'embrasser d'un instant à l'autre. Hypnotisée, elle attendit qu'il se rapprochât, qu'il penchât son visage au-dessus du sien...

Elle était presque dans ses bras quand un coup frappé à la porte les fit sursauter tous deux.

Une servante entra, fit la révérence et débarrassa la cuvette d'eau souillée.

Eleanor relâcha doucement son souffle.

— Je crois, milord, que nous en avons terminé, dit-elle, avant de quitter précipitamment la pièce.

Ce n'était pas possible. Elle ne pouvait pas se permettre

d'ignorer à qui allait la loyauté de son mari. Les enjeux étaient trop importants, et le danger était trop grand.

Cela voulait dire qu'elle devait à tout prix garder ses distances avec Hugh.

Et surtout, il lui fallait cesser de penser à ce baiser.

Hugh était si tendu qu'il ne parvenait même pas à se concentrer sur une tâche aussi simple que celle consistant à prendre un repas, même s'il avait l'estomac vide.

Il regarda autour de lui. Une vive animation régnait dans la grand-salle, tandis que les convives se délectaient de faisans accompagnés d'une sauce aux prunes, et d'agnelets de printemps mijotés dans un fumet à la muscade.

Morose, il avala une chopine de bière, tout en se demandant où était passé son appétit. Sans doute était-il contrarié que la femme qu'il était supposé courtiser fasse tout son possible pour l'éviter.

Il ne cessait de penser à son soubresaut de biche effarouchée au moment où il s'apprêtait à la prendre dans ses bras. Et cela n'avait rien à voir avec l'interruption de la servante.

Même plusieurs heures après, son désir ne s'était pas apaisé, et il ne pouvait s'empêcher d'y penser sans cesse.

— Que t'arrive-t-il, ce soir ? demanda Will.

— Rien, marmonna Hugh, alors qu'il s'apprêtait à porter sa chopine à ses lèvres.

— Je pensais te voir conter fleurette dans les règles de l'art, mais je constate qu'il n'en est rien.

— Palsambleu, vas-tu cesser de m'importuner ?

Will ignora la remarque.

— La plupart des gens trouveraient curieux que tu éprouves le besoin de courtiser une femme que tu as déjà épousée. Mais tu n'as jamais fait les choses comme tout le monde, n'est-ce pas ?

— Baisse la voix, pour l'amour de Dieu ! Quelqu'un pourrait t'entendre.

D'une inclinaison de tête, Hugh indiqua Eleanor, assise non loin de lui.

— Qu'ai-je à y gagner ? demanda Will.

— Garder ta tête attachée à ton corps.

— C'est une bonne raison.

Will vida d'un trait son gobelet de bière et se resservit.

— Mais par pitié, mets-toi à l'ouvrage. Qu'attends-tu pour courtiser Eleanor ?

— C'est ce que je fais.

— Ah, pardon ! Je n'avais pas remarqué.

Will laissa passer un silence, avant d'insister à nouveau :

— Vraiment, Hugh, tu n'as pas décroché un mot de toute la soirée. Parle-lui, fais-la rire… Je ne sais pas, fais quelque chose !

— Tu me prends pour qui ? Un amuseur public ? Un fou du roi ?

— Ce serait mieux que de te voir te morfondre ainsi.

Sur ces mots, Will se tourna vers son autre voisin de table et entama une conversation avec lui.

Si seulement tout était aussi simple que le croyait Will. Grâce à leur partie d'échecs, il parvenait à discuter avec Eleanor, et il en apprenait chaque soir un peu plus à son sujet. Mais chaque fois qu'il entrevoyait une possibilité de rapprochement, elle battait en retraite et lui faisait comprendre qu'elle ne voulait rien avoir à faire avec lui.

— Hugh, votre bras vous fait-il toujours souffrir ?

Elle s'était approchée et avait posé la main sur son épaule pour attirer son attention. Il sursauta.

— Non, tout va bien, marmonna-t-il.

— En êtes-vous sûr ?

— Mais oui !

— Puis-je faire quelque chose pour vous ?

Il faillit s'étrangler avec sa bière.

Si elle pouvait faire quelque chose pour lui ? Oh ! mais certainement...

Non, non, non ! Il devait cesser d'avoir ce genre de pensées.

— Venez-vous de grommeler contre moi, mon ami ?

Hugh tourna la tête et croisa le regard étonné d'Eleanor. Elle tenait entre ses doigts un morceau de viande nappé de sauce.

— J'ai faim, c'est tout.

Aussitôt, et certainement sans même y penser, Eleanor approcha son morceau de viande des lèvres de Hugh et lui donna la becquée. Ses doigts passèrent si près de ses dents qu'il aurait pu les mordre s'il en avait eu envie.

Il n'en fit rien. Un instant médusé, il l'observa, tout en avalant sans le mâcher le tendre bout de viande. Puis il lui saisit le poignet et lécha la sauce sur ses doigts.

Eleanor écarquilla les yeux, choquée.

Pour lui épargner plus de gêne, il se leva brusquement et se mêla à la foule, échangeant quelques mots avec ses hommes, riant aux mimiques d'un amuseur, donnant une tape amicale sur l'épaule de l'intendant, sans rien retenir de ce que lui disait le vieil homme.

Nonchalamment, il se glissa hors de la salle bruyante et encombrée, en espérant que personne n'avait remarqué son inconfort.

Dès qu'il fut dehors, son sourire disparut et il soupira. Les yeux fermés, il appuya son front contre un mur, appréciant le contact de la pierre froide et rugueuse.

Seigneur, que lui arrivait-il ?

Hugh regagna la chambre conjugale un peu plus tard, après avoir repris ses esprits et réglé quelques détails avec Will concernant la journée du lendemain.

La pièce baignait dans la lumière argentée du clair de lune. Les vantaux entrouverts laissaient entrer l'air froid de la nuit.

Hugh esquissa un sourire. Cela ressemblait bien à Eleanor d'aller contre les conventions, de laisser pénétrer la froideur du dehors, tout en maintenant un feu soutenu dans l'âtre.

— Hugh, est-ce vous ?

Il se tourna et découvrit la silhouette de sa femme, assise sur le lit, dont les courtines étaient ouvertes.

Quel changement ! Il ne les avait jamais vues autrement que closes.

— Oui. Rendormez-vous, Eleanor.

— Je ne pouvais pas dormir. J'étais inquiète.

— Je suis désolé.

Même à ses propres oreilles, sa voix manquait de chaleur.

— Vous n'avez pas de raisons de l'être.

Hugh soupira.

— Je ne sais pas pourquoi, mais je ne me conduis jamais comme il le faut avec vous. Sans doute parce que je n'étais pas préparé à épouser une lady.

— Je suis une femme comme les autres.

Hugh sourit, se rappelant leur promenade à cheval quelques semaines auparavant. Non, Eleanor n'était certainement pas une femme comme les autres. Elle n'était pas seulement la châtelaine de Tallany, elle en était le cœur et l'âme.

— J'espérais prendre ma revanche ce soir, Hugh. J'ai même installé l'échiquier.

— Je regrette de vous décevoir, mais je n'ai pas la tête à jouer aux échecs. Je risquerais d'être un piètre adversaire.

— Raison de plus. J'aurai peut-être enfin la possibilité de vous battre à plate couture.

Eleanor serait-elle d'humeur à plaisanter ?

— N'avez-vous pas honte de vouloir profiter de la faiblesse d'un homme ?

Elle rit doucement, et il joignit son rire au sien.

— N'ayez crainte. Vous réussirez un jour à me battre. En dehors de Will, personne ne m'a jamais donné autant de fil à retordre. Vous pouvez toujours penser que vous n'avez aucun talent, ce dont je doute, mais vous avez au moins celui-là.

Le rire mourut sur les lèvres d'Eleanor, et il devina qu'elle rougissait même s'il ne pouvait pas le voir.

— Pourquoi étiez-vous inquiète ? Pas à cause de moi, j'espère ?

Elle se pencha et se frotta les yeux.

— Bien sûr que si. Où étiez-vous passé ?

— J'avais des affaires à régler.

Regardant autour de lui, il constata que sa paillasse avait disparu.

— Eleanor, qu'avez-vous fait de ma paillasse ?

— J'ai demandé à votre écuyer de l'enlever.

— Pourquoi ?

Il fit un pas hésitant vers elle.

— Que dois-je en conclure ?

Elle écarquilla les yeux et porta une main à sa bouche.

— Oh ! non ! Ce n'est pas du tout ce que vous imaginez.

— Calmez-vous, milady. Je vous ai donné ma parole. Auriez-vous l'amabilité de me dire où je dois dormir exactement ?

— Eh bien, mais ici dans le lit, bien sûr.

Elle tapota le matelas.

— Il est bien assez grand pour deux.

Hugh la dévisagea avec stupeur. Miséricorde ! Essayait-elle de le tuer à petit feu ?

Eleanor l'observait, attendant sa réponse, et il ne savait pas quoi dire.

Finalement, elle soupira, et il vit ses épaules s'affaisser.

— Je suis désolée. Dois-je faire remettre la paillasse à sa place ? Je pensais seulement que vous dormiriez mieux sur le lit.

Comme s'il allait pouvoir dormir dans ces conditions ! Il n'était déjà pas évident de trouver le sommeil en partageant la même pièce. Que dire alors du même lit ?

— Non, c'est bien ainsi, répondit-il.

Il se passa une main tremblante dans les cheveux.

— Si cela ne vous met pas mal à l'aise que nous partagions un lit pour... hum... les besoins du sommeil, je suis votre obligé.

Elle sourit et se rallongea, tandis qu'il s'asseyait pour retirer ses poulaines et faire passer sa tunique au-dessus de sa tête.

Comme il ôtait ses braies, elle se redressa, apparemment prête à fuir la pièce s'il en était besoin.

— Que faites-vous ?

— Milady, je ne dors jamais avec le moindre vêtement.

— Voulez-vous dire que, pendant tout ce temps, vous dormiez…

Elle agita la main vers le coin de la chambre où se trouvait auparavant la paillasse.

— Nu comme au jour de ma naissance, répondit Hugh en riant. Ne me dites pas que vous n'avez pas jeté un petit coup d'œil dans ma direction.

— Non ! protesta-t-elle avec force. Jamais.

— Je vous crois. Pour vous agréer, je peux consentir à conserver mes braies. Sinon, je peux aller dormir ailleurs.

— Non, ce ne sera pas nécessaire. Nous pouvons bien nous arranger ainsi, en camarades.

— Fort bien, je vais donc vous souhaiter une bonne nuit.

Il écarta les couvertures pour se glisser dans le lit.

— Encore une chose, Eleanor…

Il la vit déglutir tandis qu'elle fixait son torse nu, tout comme lorsqu'elle avait soigné sa blessure.

— … Merci d'avoir pensé à mon confort.

Elle hocha la tête, avant de lui tourner le dos.

Tiens donc, c'était intéressant…

À en juger par la vive curiosité qu'il avait surprise dans le regard d'Eleanor, elle n'était peut-être pas aussi indifférente qu'elle essayait de le prétendre.

Après ce qui lui parut des heures passées à se tourner et se retourner, Hugh s'apprêtait à se laisser emporter par le sommeil quand il sentit la main d'Eleanor se poser sur son épaule.

— Tout va bien ? demanda-t-il d'une voix ensommeillée.

— Je me demandais si vous étiez éveillé.

— Je le suis maintenant.

— Je suis désolée. Je n'arrive pas à dormir.

— Je peux vous aider ?

— Oui, certainement.

Eleanor eut soudain toute son attention.

Il ouvrit les yeux et se tourna vers elle.

— De quoi s'agit-il ?

Elle se mordait l'intérieur de la joue, ayant visiblement du mal à formuler sa demande.

Hugh sentit son cœur s'accélérer. Se pouvait-il qu'elle désirât la même chose que lui ?

Elle se passa la main sur le front.

— En fait, je ne sais pas si c'est possible...

— Laissez-moi en juger. Que voulez-vous de moi, Eleanor ?

Il se redressa, en appui sur un coude, et attendit sa réponse, en priant pour l'entendre prononcer les mots qu'il attendait d'elle.

— Je ne sais pas si je peux...

— Mais si, vous pouvez.

— Je me demande si ce n'est pas un peu déplacé...

— Je suis certain que non. Vous pouvez tout me demander, Eleanor. Nous sommes mariés.

Pour l'amour de Dieu, mais qu'elle le dise !

— Oui, bien sûr... Mais il se trouve que...

Le cœur de Hugh battait sourdement dans sa poitrine.

— Dites simplement ce que vous attendez de moi.

Il caressa ses longs cheveux soyeux, descendit le long de son bras et lui prit la main.

— Je vous écoute.

— Eh bien, vous voyez, il y a quelque chose qui m'a trotté dans la tête toute la journée.

— Oui ?

Il n'en pouvait plus.

— Je voudrais… Enfin, si cela ne vous cause pas trop d'embarras…

— Continuez.

— J'aimerais que vous m'enseigniez vos techniques d'escrime.

Brutalement ramené sur terre, Hugh battit des paupières.

— Quoi ?

Il se recula, l'observant avec stupeur, n'étant pas sûr d'avoir entendu correctement.

— Qu'avez-vous dit ?

Eleanor se recroquevilla, visiblement intimidée.

— Quand je vous ai vu ferrailler avec Sir William… j'ai trouvé vos gestes remarquables…

Elle secoua lentement la tête.

— Oubliez cela, c'est ridicule.

Hugh se redressa totalement, en position assise.

— Vous me demandez de vous enseigner l'art de manier l'épée ?

— Pas exactement. J'ai déjà des rudiments d'escrime. Ce que je voudrais apprendre, ce sont vos bottes secrètes.

— Mais dans quel but ?

— Cela pourrait m'être utile un jour, pour me défendre.

— Vous n'en avez pas besoin, voyons. Je serai toujours là pour vous protéger.

— On ne sait jamais ce qui peut arriver, et une lady devrait pouvoir se défendre toute seule.

— Certes.

Hugh se massa le front, sentant venir un mal de tête. Elle l'avait réveillé pour ça ?

— Je ne peux pas croire que le sujet soit important au point de me réveiller en pleine nuit.

Eleanor hocha la tête, l'air résigné.

— Oui, vous avez raison. Je n'aurais pas dû vous réveiller. Rendormons-nous.

Elle tapota ses oreillers avec raideur et se tourna sur le côté.

Il ne trouverait certainement plus le sommeil, maintenant !

Quelle stupidité de sa part d'avoir cru qu'elle était dans un état d'esprit amoureux.

Cependant, il n'aurait pas dû être choqué par sa demande. C'était tellement typique d'Eleanor.

Il soupira et, après un temps de réflexion, dit :

— Très bien, si c'est aussi important pour vous.

Il l'entendit se retourner brusquement dans le lit et parvint à distinguer l'éclat de ses yeux dans le halo de la lune.

— C'est vrai ? Vous voulez bien ?

— Oui, Eleanor.

Elle lui prit la main et la porta à sa joue.

— Oh ! merci. Merci.

— Je vous montrerai demain.

Il retira sa main et la cala derrière sa tête.

— Et maintenant, dormons.

Si seulement c'était aussi simple !

Résolu à compter les moutons, selon la technique ancienne supposée aider à s'endormir, il songea soudain au cadeau de mariage qu'il avait prévu de faire à Eleanor et sourit.

6

— Des moutons ? Vous avez acheté des *moutons* ?

Eleanor dévisagea Hugh avec stupéfaction.

— Pour moi ?

Ils se tenaient hors du mur d'enceinte du château, aux abords d'une vaste pâture.

— Ah, mais ce ne sont pas n'importe quels moutons. Ils produisent la laine la plus douce qui soit.

— Je ne comprends pas.

— Il n'y a rien à comprendre, Eleanor. Vous êtes maintenant l'heureuse propriétaire de trois cent cinquante moutons.

— Trois cent cinquante moutons… Mais pourquoi ?

Il rit doucement.

— C'est un présent de mariage, milady. Ne me dites pas que vous n'avez jamais reçu de cadeau.

Non, elle n'en avait jamais reçu. En tout cas, pas depuis l'enfance.

Mais Hugh n'avait pas besoin de le savoir. Il n'avait pas besoin de connaître les détails de sa vie misérable après le décès de son père et de sa famille proche.

Des cadeaux ? Non, ce n'était pas pour elle.

L'expression de Hugh s'adoucit.

— Eh bien, qu'en pensez-vous ?

Il haussa un sourcil, attendant sa réponse.

C'était cela, son tourment : quand elle était à côté de lui, elle était incapable de penser. Il la privait du souffle et de la raison, ce qui la médusait.

Toutes ses idées sur les hommes, sur ce qu'était le mariage, changeaient doucement grâce à Hugh.

— Je ne sais pas quoi dire.

Elle secoua la tête, hésitant entre le rire et les pleurs devant tant de gentillesse.

— Dites que ça vous plaît. Ce n'est peut-être pas courant d'offrir un troupeau de moutons à une femme, mais vous êtes…

— Différente ?

— Oui, et cela vous rend très spéciale.

Eleanor rougit. Ces paroles étaient tellement charmantes.

Elle posa les mains sur les épaules de Hugh et, se hissant sur la pointe des pieds, posa brièvement ses lèvres sur les siennes.

Il parut surpris, et un sourire se dessina sur son visage.

— Eh bien, milady, dois-je en déduire que mon cadeau est à votre goût ?

— Oui. Totalement.

Il referma les mains autour de sa taille.

— Bien. Ils sont à vous, et vous pouvez en faire ce que vous voulez. La qualité de la laine devrait dégager un bon profit.

— Personne ne m'a jamais rien donné de ce genre. Merci.

Elle toussota d'émotion.

— Le revenu que nous pourrons en tirer assurera la prospérité de Tallany pour des années.

— Vous vous souciez vraiment de vos gens, n'est-ce pas ?

Elle hocha la tête, ayant perdu sa voix.

— Moi aussi, affirma Hugh.

Eleanor le dévisagea avec stupeur. Elle avait tout fait pour tenir son mari à distance, mais il faisait tomber ses défenses une à une.

Hugh était tout ce que Richard n'avait pas été : bon, attentionné, patient... ainsi que bien d'autres choses qui la faisaient rougir.

Quand Hugh la regardait ou lui souriait, Eleanor sentait comme un drôle de petit soubresaut dans son estomac. Il lui arrivait même parfois de se demander à quoi ressemblerait l'intimité avec lui.

Des moutons, pour l'amour du ciel !

Elle avait envie de rejeter la tête en arrière et de rire aux éclats.

Il lui était toujours difficile d'y croire. Elle n'aurait jamais pensé que Hugh était à ce point perspicace. Lui faire un cadeau aussi personnel était à la fois touchant et inattendu.

La reconnaissance qu'elle éprouvait à son égard lui aurait presque fait monter les larmes aux yeux.

Oh ! Seigneur !

Elle déglutit avec peine et s'exhorta à rester prudente, à ne pas se laisser emporter par ses émotions.

Elle ne savait pas comment réagir à la gentillesse de Hugh, et n'était d'ailleurs pas certaine de la mériter.

— Qu'y a-t-il ? demanda-t-il.

— Rien. Je suis un peu surprise, c'est tout.

Eleanor se dandinait nerveusement, raclant le sol de ses poulaines.

— Ne le soyez pas. Il est parfaitement normal pour un mari d'offrir un présent de mariage à son épousée.

Eleanor hocha la tête d'un air absent.

— Et puis, j'ai peut-être une idée derrière la tête, milady.

Il resserra la pression de ses mains autour de sa taille, et Eleanor sentit un frisson la traverser.

Du bout des doigts, il lui souleva le menton et plongea le regard dans le sien. Dans les profondeurs de ses yeux, elle vit alors danser une flamme étrange, dont l'intensité la déconcerta.

Lui souriant de cette façon qui lui coupait toujours un peu le souffle, il lui embrassa le front, les joues, les lèvres.

— Vous devez savoir que j'essaie honteusement de vous séduire, Eleanor.

— Avec des moutons ?

Il eut une moue ironique.

— Naturellement.

Quelque part derrière elle, Eleanor entendit quelqu'un tousser.

Elle s'écarta brusquement, et Hugh ne chercha pas à la retenir.

— Bonjour, mes amis ! lança Will d'une voix tonitruante. Quelle bien belle matinée !

Eleanor se tourna au moment où il s'inclinait courtoisement.

— Ah, Will, tu arrives toujours au bon moment, ironisa Hugh.

— En effet, j'essaie toujours d'être agréable. Eh bien, milady, ai-je raison de penser que l'idée de devenir bergère vous agrée ?

Eleanor gloussa.

— En effet, Sir William. Et je vous en prie, appelez-moi Eleanor.

— Merci. Et moi, c'est Will. Sir William semble beaucoup trop formel, ne pensez-vous pas ?

— Il suffit, maintenant, grommela Hugh en croisant les bras sur son torse. Soyez prévenue, Eleanor, Will est un séducteur impénitent.

Will porta théâtralement une main à son cœur.

— Tu m'as blessé. Pourtant, j'apportais des cadeaux.

Il présenta son autre main, qu'il tenait jusque-là dans son dos, et dévoila deux épées.

Eleanor adressa un regard surpris à Hugh.

Avait-il parlé à son ami de son désir de se perfectionner en escrime ?

C'était passablement déconcertant. D'autant plus qu'aucun des deux hommes ne paraissait choqué qu'une femme pût émettre une telle requête.

Hugh parut comprendre son inconfort et se pencha vers elle.

— Tout va bien, milady. Votre secret ne risque rien avec lui.

Les deux hommes rirent, avec cette complicité que seule une longue amitié comme la leur pouvait engendrer.

La froide antichambre, avec son haut plafond de bois voûté, tint lieu de terrain d'entraînement, puisque la leçon devait rester privée. En effet, il n'était pas coutumier pour une femme de s'exercer au combat.

— Prête ? demanda Hugh.

— Prête, et impatiente.

Il hocha la tête et lui tendit une des épées.

— Fort bien. Maintenant, copiez ma posture. Prenez bien appui sur vos jambes, en écartant légèrement les pieds, et pliez les genoux. Bien. Maintenant, nous pouvons commencer.

Eleanor copia un à un les gestes de Hugh.

— C'est bien ainsi ?

— Parfait. Rappelez-vous les mouvements de pieds, milady. Restez souple et légère.

Hugh commença à se déplacer furtivement d'un côté et de l'autre, obligeant Eleanor à faire de même.

— Ainsi commence notre danse l'un autour de l'autre.

Il sourit.

— Très bien.

— Je comprends maintenant pourquoi vous êtes un si bon danseur.

— En effet, le combat à l'épée s'apparente à la danse. Et maintenant, concentrez-vous, car je peux frapper à tout moment.

Il plongea, l'épée en avant.

— Comme ceci. Maintenant, vous devez vous défendre.

Eleanor brandit son épée et heurta celle de Hugh.

— Trop brutal. Agissez en toute légèreté, mais toujours en respectant ces trois étapes : défense, riposte et souplesse.

Elle se concentra et suivit à la lettre les indications de Hugh.

En vérité, elle était bien entraînée à l'art du combat. Son père, et ensuite Gilbert, l'intendant, lui avaient enseigné ce qu'ils estimaient être des compétences nécessaires.

Mais son mari ne devait pas le savoir et, pour éviter de se trahir, elle dissimula ses talents et joua les maladroites.

— Très bien. Maintenant, je veux vous monter la posture à adopter pour l'attaque.

Elle fit mine d'observer attentivement, en essayant de ne pas remarquer les déplacements à la fois gracieux et puissants de Hugh.

— Continuez à bondir en avant…

— Comme ceci ?

— Ce n'est pas mal, milady.

En réalité, elle se montrait délibérément malhabile.

— Je vous obéis. J'essaie même d'anticiper un peu.

— Oh ! vraiment ? En tout cas, vous me surprenez.

Le cœur d'Eleanor s'emballa, et ce n'était pas dû à l'exercice.

— Et… c'est une bonne chose ?

— Une très bonne chose, même.

Son timbre de voix avait pris un tour suave et rauque, et un frisson la parcourut.

— Faites un pas en avant. Nous devons être face à face, et nous affronter du regard pendant que nos épées sont engagées.

Eleanor obtempéra et le regarda, fascinée.

— Bien. Et maintenant, nous devons… Il nous faut…

Hugh était un peu essoufflé et laissait s'étirer sa voix.

Eleanor se tenait si près qu'elle pouvait voir les paillettes d'or et d'ambre dans ses yeux verts. Ses prunelles contenaient une émotion brutale qui dépassait tout ce qu'elle avait pu voir auparavant.

Il était totalement immobile et, soudain, l'air de la pièce sembla s'être densifié jusqu'à devenir irrespirable.

Il la désirait et, aussi choquant que ce fût, cela ne l'effrayait plus.

Quand et comment un tel changement s'était-il produit ?

Plus surprenant encore, elle le désirait aussi.

Elle en était stupéfaite et bouleversée, mais c'était ainsi.

Malgré elle, ses yeux se posèrent sur les lèvres de Hugh, charnues et sensuelles.

Sa respiration, brûlante, s'altérait. Oh ! Seigneur, elle allait perdre connaissance.

Jamais elle n'avait rencontré quelqu'un comme lui. Il l'appréciait. Il ne se moquait pas d'elle parce qu'elle était différente des autres femmes. Il ne prenait pas plaisir à l'humilier et à lui faire du mal physiquement.

Pourtant, une petite voix au fond de son esprit l'avertissait qu'il risquait de la faire souffrir.

Non, elle ne devait pas laisser ses sentiments prendre l'ascendant sur sa raison.

Elle lui avait dit que son cœur ne lui appartiendrait jamais. C'était la seule façon dont elle disposait pour se protéger.

Elle ferait son devoir, mais rien de plus que cela.

Hugh était un homme du roi Jean, et il ne renierait jamais son allégeance.

Ils sursautèrent tous deux en entendant frapper à la porte.

— Milord, votre présence est requise immédiatement, dit une voix masculine, étouffée par l'épaisseur du battant de bois.

Pour que l'un des hommes de Hugh se risquât à les déranger ainsi, l'heure devait être grave.

— Qu'y a-t-il ? demanda Hugh d'un ton impatient.

— Les hors-la-loi ont été signalés dans les bois autour du domaine.

— Sellez mon cheval, j'arrive.

Souriant, Hugh se tourna vers Eleanor.

— Voilà une excellente nouvelle.

7

Les heures suivantes se déroulèrent dans un état d'anxiété et de confusion.

Eleanor se rongeait les sangs à essayer de comprendre comment cette calamiteuse situation avait pu se produire.

Elle était toujours méticuleuse dans ses plans, ne laissait aucun détail au hasard et ne prenait aucun risque. Jamais.

Mais présentement, c'était différent. Elle n'avait donné aucun ordre.

Ses hommes avaient-ils agi de leur propre initiative ? Mais pourquoi ? S'étaient-ils lassés d'attendre ? Étaient-ils sur les nerfs ? Depuis son mariage, elle n'avait pu endosser le rôle du Renard. Avaient-ils alors jugé bon de prendre les choses en main ?

Heureusement, ils ne connaissaient pas la véritable identité du Renard…

Seules trois personnes étaient dans la confidence. Sa femme de chambre, Brunhilde, son intendant, Gilbert Claymore, et bien sûr le père Thomas.

Quant à la bande de hors-la-loi, ils savaient seulement que Lady Eleanor fermait les yeux sur leurs agissements et n'hésitait pas à les aider en cas de besoin.

Nerveusement, elle tortilla un coin de son voile entre ses doigts.

Elle devait coûte que coûte assurer la sécurité de ses hommes et avait donné instruction à Gilbert de les prévenir que Hugh et ses soldats étaient à leur recherche.

Oh ! faites qu'ils aient reçu mon message.

Mais comment savoir si la mission avait été couronnée de succès ou non ? Il ne lui restait guère plus qu'à attendre...

Une épaule appuyée contre le froid mur de pierre, elle guettait sans relâche à la fenêtre, en songeant aux dangers que couraient ses hommes... ses amis.

C'était un groupe de gens ordinaires entraînés dans des activités peu ordinaires. Des hommes du cru, appartenant à toutes les strates de la société, qui avaient prêté allégeance à leur châtelaine après qu'elle les eut aidés à survivre à la misère et à la famine qui s'était abattue sur les terres du Nord. C'étaient des hommes bons, honnêtes et dévoués. Et, quand ils se rassemblaient en une bande fraternelle, ils faisaient bloc pour combattre la tyrannie à ses côtés.

Ou plutôt aux côtés de leur mystérieux et furtif meneur, le Renard...

Sa décision de défier le roi et ses levées d'impôts répétées n'avait pas été facile à prendre, et elle ne s'y était pas engagée à la légère.

Mais c'était cela ou le désespoir et la misère. Elle se devait de faire quelque chose, quand bien même c'était incroyablement dangereux.

Alors, elle avait établi un plan avec l'aide de Gilbert. Un plan audacieux, qui avait assemblé autour d'un chef dont l'identité devait rester secrète des personnes partageant les mêmes idées. Un chef dont Eleanor,

Gilbert et le père Thomas s'étaient portés garants face au scepticisme des troupes.

Les hors-la-loi voulaient purger la région de la corruption et de l'appât du gain qui s'étaient développés sous le règne du roi Jean. Pour y parvenir, ils devaient utiliser des subterfuges, des déguisements et des ruses, ce qui faisait d'eux des parias aux yeux de la loi.

Eleanor savait qu'elle se mettait en danger en se battant à leurs côtés, mais elle en avait besoin. C'était aussi vital pour elle que l'air qu'elle respirait.

Le Renard était né des cendres de son douloureux mariage et l'avait aidée à survivre. Grâce à lui, Eleanor avait pu enterrer sa honte et se transformer en combattante. Elle n'était plus une femme soumise, vulnérable. Maintenant, elle se battait pour la justice, et elle était prête à mourir pour cette cause.

En tant que femme, elle ne pouvait rien faire. Mais le Renard avait un pouvoir illimité.

Cependant, depuis son mariage, les murs de Tallany Castle s'étaient refermés sur elle, et elle devait se montrer plus prudente que jamais.

Un seul faux pas, et tout s'effondrerait.

Eleanor sortit de l'antichambre et reconnut la silhouette furtive de Gilbert Claymore, qui traversait la cour d'honneur à la hâte.

Décrochant une torche, elle s'engagea dans l'escalier en colimaçon et alla à la rencontre de l'intendant.

— Quelles sont les nouvelles ?

— Nous sommes parvenus jusqu'à la cachette et avons prévenu le groupe.

Elle exhala un soupir de soulagement.

— Dieu merci !

— Toutefois, votre époux est un cavalier d'exception. Il les a rattrapés alors qu'ils s'enfuyaient et les a pris en chasse.

L'ayant vu monter à cheval, Eleanor savait de quelles prouesses Hugh était capable, et ce ne fut pas pour la rassurer.

— Et nos hommes ? Sont-ils toujours en danger ?

— Je ne puis le dire, milady. J'ai dû faire demi-tour rapidement, de crainte d'être identifié. Mais je crois que votre mari, son ami Sir William et les autres sont sur le point de rentrer au château.

— Dans ce cas, je dois prendre congé. Merci, Gilbert. Je serais perdue sans vous.

— À votre service, milady.

Elle s'empressa de gagner la grand-salle, qui bruissait encore d'activité, même à cette heure tardive.

Était-ce vraiment plus tôt dans cette même journée que Hugh lui avait offert un troupeau de moutons, lui avait enseigné l'escrime et avait failli l'embrasser ?

Elle prit soudain conscience d'une réalité qu'elle n'avait pas voulu voir. Même si elle appréciait maintenant son mari, l'admirait et ressentait une intense attirance pour lui, ils ne partageaient pas les mêmes convictions.

Eleanor ignorait combien de temps s'était écoulé depuis qu'elle surveillait la herse du pont-levis, mais il lui semblait qu'elle attendait depuis des heures quand elle vit enfin Hugh et ses hommes entrer dans la basse-cour et descendre de cheval.

Tandis qu'ils franchissaient les murs de la haute-cour,

elle rajusta son voile, dont la guimpe s'était déplacée, et s'empressa d'aller à la rencontre de son mari.

— Je suis heureuse de voir que vous êtes de retour, milord. Avez-vous été payé de succès ?

Hugh s'inclina au-dessus de sa main.

Il était échevelé et couvert de boue.

— Assurément, Eleanor. Nous avons capturé deux brigands.

Il désigna Will, qui poussait devant lui deux hommes ligotés.

— Mais vous ne devriez pas être ici. Ce n'est pas la place d'une lady.

Eleanor jeta un coup d'œil indifférent aux hommes. Ils étaient dans un état pitoyable, et elle en avait le cœur brisé. Mais elle ne pouvait pas montrer qu'elle les connaissait.

— Que va-t-il leur arriver ?

— La justice va s'exercer.

Et sur ces mots, Hugh prit la direction du donjon.

La justice ?

Dieu seul savait ce que ce mot pouvait recouvrir. Encore qu'elle n'imaginât pas Hugh capable de cruauté.

Elle ferma brièvement les paupières, s'exhortant à ne pas céder à la panique.

Hugh était un homme bon et honorable, mais elle savait ce qui arrivait aux traîtres.

Elle devait à tout prix trouver un moyen d'aider ses amis, Osbert et Godwin, qui eux aussi étaient des hommes bons et honorables.

— Hugh, attendez...

Il tourna la tête, l'air agacé.

— Qu'y a-t-il, Eleanor ?

Elle redressa l'échine et soutint son regard.

— Je veux être présente quand vous questionnerez ces hommes.

— Pourquoi ? Ce n'est pas la place d'une femme.

— Je suis la châtelaine de ces lieux, et je me suis toujours occupée des questions se rapportant à Tallany Castle.

— Je comprends, mais les choses sont quelque peu différentes aujourd'hui.

— Certes, mais comme j'ai de l'expérience en la matière...

— Votre demande est déplacée, Eleanor.

À présent, il ne dissimulait plus son irritation.

— En tant que nouveau Lord Tallany, je m'assurerai qu'ils auront un procès équitable. Maintenant, veuillez m'excuser.

— Je vous en prie, Hugh.

Il soupira et lui adressa un sourire contraint.

— Fort bien, puisque cela semble aussi important pour vous. Mais je vous demanderais de rester en retrait. Je ne veux aucune interruption durant la procédure.

La salle du donjon était chargée d'une tension qui semblait imprégner l'air. Des torches fixées sur des supports en métal projetaient des ombres fantomatiques sur les murs ancestraux.

Hugh était assis à une table montée sur tréteaux, en compagnie de son ami Will et d'Eleanor. Au fond de la pièce se tenaient l'intendant et quelques-uns des chevaliers de Tallany.

En dépit des circonstances, Hugh ne put s'empêcher

de remarquer combien sa femme était en beauté dans sa robe de lainage vert gansée d'argent.

Il ne comprenait pas pourquoi elle avait insisté pour être présente durant l'interrogatoire. Ce n'était nullement la place d'une femme. Il avait cédé à sa demande dans un moment de faiblesse, parce qu'il ne voulait pas se quereller avec elle alors que leurs relations commençaient à s'apaiser, mais il en était contrarié.

Cependant, il ne fallait pas en attendre moins de la part d'Eleanor. Son épouse ne ressemblait à aucune des femmes qu'il avait pu connaître avant.

Les mains ligotées dans le dos, les deux brigands furent poussés devant eux et tombèrent à genoux.

— Donnez-nous les noms de vos complices, demanda Hugh.

Un des hommes leva la tête, l'air à bout de forces.

— Pitié, milord. Mon ami Godwin et moi ne connaissons aucun hors-la-loi. Il faut nous croire.

— Je ne vous crois en aucune façon. Et vous le savez.

Hugh regarda les hommes tour à tour.

Il y eut un moment de silence, qu'il fit durer à plaisir.

— Alors ?

— Je vous implore, milord... milady. Nous ne savons rien. Sur l'honneur.

— Je ne crois pas à l'honneur des voleurs ! décréta Hugh.

Il se leva, fit le tour de la table et vint se poster devant les deux hommes, les dominant de toute sa hauteur.

— Osbert, maréchal-ferrant de Spalford ?

L'homme hocha la tête sans le regarder.

— Nous connaissons vos liens avec la bande du Renard. Nous vous avons pris en chasse depuis leur cachette. Avouez, qu'on en finisse.

— C'est un malentendu, milord. Nous nous trouvions là par hasard.

— Pourquoi protégez-vous votre chef ? Le Renard est un voleur, un traître, et un homme recherché par les autorités.

— Non, Votre Seigneurie. Vous devez nous croire. Nous ne savons rien sur cette bande. Nous n'en faisons pas partie.

— Si vous nous donnez des noms, des lieux, et surtout la tête du Renard, votre ami et vous serez épargnés.

Il y eut un mouvement à la porte du donjon, et un courant d'air fit vaciller les flammes des torches.

— Épargnés, vraiment ? Et par quelle autorité ?

Une voix emplie d'arrogance venait de s'élever, interrompant l'interrogatoire.

Toutes les têtes se tournèrent pour voir qui avait parlé. Il s'agissait d'un homme corpulent et de petite taille, vêtu d'une cotte de mailles, et accompagné d'une dizaine d'hommes en armes, visiblement prêts à en découdre.

— Pour l'amour du roi, tempêta Hugh. Qui êtes-vous, monsieur, et que faites-vous en ces lieux ?

L'homme inclina la tête.

— Ravi de faire votre connaissance, Sir Hugh. Je suis Lord Balvoire, et...

Il grimaça un sourire.

— Ah, Lady Eleanor ? Quelle surprise ! Ravi de vous voir, ma chère.

— Votre place n'est pas ici ! décréta Hugh en le toisant, les bras croisés sur son torse. Et c'est *Lord* Hugh de Tallany.

— Veuillez accepter mes excuses, milord, dit l'homme, d'un air méprisant qui démentait ses paroles. J'ai le regret de devoir vous contredire. Sensible à mes alarmes au sujet des hors-la-loi, Sa Majesté a eu la bonté d'établir un décret.

Il claqua dans ses doigts, et un homme de sa garde s'avança avec un rouleau de parchemin.

Hugh tiqua. Palsambleu, c'était ce trublion prétentieux qui était venu lui apporter ses doléances le jour de son mariage. Et aujourd'hui, il faisait irruption en pleine session de justice pour se vanter d'avoir obtenu certaines prérogatives de la part du roi.

— Voyez-vous, milord, vos affaires et les miennes sont désormais intimement liées, jusqu'à ce que nous ayons réussi à éliminer ces infâmes traîtres. La récompense pour leur capture devrait constituer une remarquable incitation.

Balvoire se rengorgea.

— Je n'ai d'ailleurs pas perdu un instant pour engager la traque.

Un autre homme s'avança et tendit à Lord Balvoire un grand sac de toile.

— Appelons cela un présent de mariage un peu tardif.

Il renversa le sac d'un geste sec et une tête décapitée roula sur le sol devant Hugh et les deux prisonniers, qui se mirent à trembler de façon incontrôlable.

Dans son dos, Hugh entendit Eleanor pousser un petit cri horrifié.

Il se tourna et, en dame de qualité qu'elle était, elle se ressaisit aussitôt. Jamais il n'aurait voulu qu'elle fût exposée à ce genre d'horreur, mais il ne pouvait pas prévoir l'irruption d'un si odieux personnage.

— Je condamne vos méthodes, Lord Balvoire. Elles ne sont pas nécessaires tant qu'un verdict n'a pas été prononcé.

Il toisa sévèrement l'homme qui ne faisait pas honneur à la noblesse à laquelle il appartenait.

— Je suis juge et seigneur de Tallany et, en tant que tel, il m'appartient de faire régner une justice équitable.

— Espérons que vous serez à la hauteur de vos aspirations, milord !

— Je n'ai pas besoin de votre avis, Balvoire. Et je vous conseille de ne pas vous opposer à moi.

L'homme ricana.

— Je vous rappelle que nous sommes du même côté, milord. Celui de notre roi Jean, Dieu le protège.

— Fort bien. Maintenant que vous êtes venu délivrer votre macabre message, je vous prie de quitter les lieux.

— Vous vous croyez peut-être supérieur à moi, mais n'oubliez pas que j'ai l'accord du roi pour me présenter ici. Il m'a choisi pour représentant, et je ferai régner sa justice.

— De quoi parlez-vous, Balvoire ? Je n'ai rien entendu de tel.

— Vraiment ? Un oubli de ma part, sans doute.

Balvoire lui tendit le parchemin.

— Sa Majesté veut diffuser un message clair et sans appel à tous ceux qui seraient tentés de venir en aide aux hors-la-loi, ou de rejoindre leurs rangs.

Hugh savait ce que cela signifiait, et il serra les dents. Comment pourrait-il faire preuve de magnanimité dans sa façon d'appliquer la loi, si le roi exigeait une riposte brutale ?

Ce n'était pas ainsi qu'il entendait gérer son domaine.

Redressant les épaules, il fixa Balvoire.

— Nous n'avons établi aucun lien entre ces hommes et les brigands, pas plus que nous n'avons réussi à prouver leur implication.

— Pas de procès, pas de verdict. C'est ce que Sa Majesté a décrété. La fin justifie les moyens, et vous seriez avisé de vous en souvenir, mon jeune lord. En outre, ce ne sont que de méprisables paysans.

Il jeta un coup d'œil à Eleanor et ricana.

— Et feu Lord Tallany aurait approuvé sans réserve cette décision.

Par Dieu, Hugh en avait soupé de cet impudent.

Comme Balvoire allait se placer derrière l'un des hommes entravés et levait son épée, visiblement prêt à faire une démonstration immédiate de sa vision de la justice, Hugh s'avança en deux grandes enjambées, le surplombant de sa haute et imposante stature.

— Il suffit, milord ! Vous outrepassez vos droits.

— Prenez garde, milord, dit Balvoire d'un ton doucereux. On pourrait croire que vous accordez quelque valeur à ces cancrelats. En outre, le roi a demandé que nous travaillions de concert pour capturer ces brigands. Peut-être devrais-je vous conseiller ?

— Je vous remercie, mais ce ne sera pas nécessaire. Ces hommes sont sur les terres de Tallany et, par délégation de pouvoir royal, j'ai main de justice. En conséquence de quoi, ces hommes seront emprisonnés pour être interrogés ultérieurement. Maintenant, Lord Balvoire, je crois que vous avez dépassé votre temps de visite en ces lieux.

Eleanor avait l'impression que son corps s'était vidé de tout son sang. Elle se sentait d'une faiblesse extrême, au point qu'elle redoutait de perdre connaissance.

Les yeux fermés, elle essayait de ne plus songer à l'horreur dont elle venait d'être témoin, tandis que son mari poursuivait son altercation avec l'infâme Balvoire.

Elle eut soudain vaguement conscience d'une main qui se posait sur la sienne et exerçait une pression pour la rassurer. Ouvrant les yeux, elle croisa le regard inquiet de Sir William et lui adressa un petit signe de tête reconnaissant.

Elle allait bien, ou le mieux possible en la circonstance, mais ce n'était pas le cas des deux prisonniers… ses amis, des hommes dont elle se sentait responsable.

Malgré la menace d'être exécutés, ils n'avaient pas trahi.

Pauvres hères, si courageux et dénués d'égoïsme.

Elle passa une main sur son front moite et se leva en chancelant.

Il lui fallait quitter cet horrible endroit, mais elle n'était pas certaine que ses jambes la porteraient jusqu'au logis seigneurial.

Elle avait la bouche terriblement sèche, soudain. Étrangement, il lui semblait que son corps ne lui appartenait plus, comme si elle s'en était détachée…

Avant qu'elle ait pu réaliser ce qui lui arrivait, les ténèbres l'envahirent.

Les paupières d'Eleanor papillonnèrent alors qu'elle reprenait connaissance.

Elle avait l'impression de flotter parmi les nuages, enveloppée de chaleur et de force.

Ah, quelle sérénité, quel bonheur parfait…

Mais d'atroces visions envahirent soudain son esprit. Avait-elle rêvé ce qui s'était passé dans le donjon ? Non, bien sûr que non. C'était la sordide réalité.

Submergée par la panique, elle se demanda combien de temps s'était écoulé depuis qu'elle avait perdu connaissance.

Elle ne savait même pas où elle était.

Entre ses cils à peine desserrés, elle vit qu'elle était dans les bras de son mari, et qu'il la transportait dans l'escalier en colimaçon menant à leur chambre.

Mais ils n'étaient pas seuls.

Sir William les précédait, éclairant l'escalier avec une torche.

— Tu feras diversion avec une poignée de chevaliers, expliquait Hugh, tandis que je suivrai à bonne distance avec le véritable coffre contenant la collecte d'impôts. Ainsi, si tu es pris en embuscade, nous pourrons te prêter secours, et l'argent sera sauf.

— Tu as raison, Hugh. Il n'y a pas d'autre choix, murmura Will. C'est la seule façon de faire sortir le Renard de son terrier, et de te défaire de la surveillance de Balvoire. Cependant, il pourrait y avoir un obstacle…

— Lequel ?

— Balvoire est un ambitieux forcené, ce qui le rend dangereux. Peut-être l'ignores-tu, mais il a demandé la main d'Eleanor au roi, après le décès de Millais. Ainsi, il aurait pu adjoindre Tallany à son propre domaine, qui jouxte les terres d'Eleanor. Jean a failli accepter.

— Et cela lui ressemble tellement de changer d'avis. En l'occurrence, j'en suis ravi. Mais c'est aussi à cause de cette agaçante propension à faire volte-face que les barons du Nord ne savent jamais sur quel pied danser avec Jean.

— Précisément. Et tant que Balvoire a l'oreille du roi, il va essayer d'en tirer le plus de profit. Fais bien attention à toi, mon ami. Il a l'intention de t'accompagner jusqu'à Winchester avec le coffre, afin, je le cite, « de s'assurer que tu ne commets pas de bévues ».

Hugh jura entre ses dents.

— Tant qu'il comprend que c'est moi qui mène le commandement, peu me chaut. D'autant plus que ses hommes nous apporteront du renfort, ce qui ne peut que nous aider.

Eleanor garda les paupières closes tandis que Hugh la portait jusqu'à sa chambre.

Sa tête bourdonnait de tout ce qu'elle avait appris de la conversation entre son mari et William, mais elle gardait son calme.

Un plan commençait à se former dans son esprit. Un plan qui vengerait la malheureuse victime et les deux prisonniers, et qui nuirait à Balvoire.

Oh oui, elle lui souhaitait la honte et le déshonneur.

Et, si elle avait conscience que cela aurait aussi des répercussions sur Hugh, elle ne pouvait l'éviter.

Elle fit une prière muette et engagea son honneur sur la sépulture de sa mère.

Une pointe de vulnérabilité essaya de se frayer un chemin dans son esprit, mais elle s'empressa de l'écarter.

Le temps n'était pas à la faiblesse.

Elle devait garder foi et courage, et se rappeler que ce sacrifice ne l'engageait pas elle-même, mais qu'il avait un but plus noble.

C'était pour la justice... et pour l'honneur.

8

Quelques jours s'étaient écoulés depuis la visite impromptue de l'infâme Balvoire.

Hugh avait pris au sérieux la mise en garde de Will l'autre nuit - mais en cet instant, après quelques heures en la compagnie de Balvoire, il avait envie de lui tordre le cou.

C'était un arrogant moulin à paroles, qui ne connaissait rien à l'art de la guerre, mais avait une très grande estime de lui-même. Il fallait lui répéter continuellement qui était responsable des opérations.

Dieu seul savait ce que le roi avait pu dire à Balvoire, mais Sa Majesté devait se réjouir d'avoir à sa botte un tel courtisan.

En tout cas, Will avait raison. Balvoire était un sombre paltoquet, mais il était dangereux, et Hugh savait qu'il avait tout intérêt à le tenir à l'œil.

En tant que nouveau châtelain, il devait rétablir la paix et veiller au respect des lois. Il lui fallait donc mettre un terme aux agissements des hors-la-loi.

Transporter un coffre empli d'argent afin de piéger les brigands était une bonne méthode, mais Hugh n'était pas sans en éprouver un certain malaise. Cela lui posait un véritable cas de conscience, au moment où il commençait à gagner la confiance des villageois.

Hugh soupira, sachant que ce n'était pas seulement le sort des serfs qui l'inquiétait, mais aussi la réaction de leur maîtresse.

Depuis cette scène horrible au donjon, Eleanor s'était comme enfermée en elle-même. Elle restait muette, indifférente à tout ce qui se passait autour d'elle.

Égoïstement, Hugh aurait voulu reprendre leurs parties d'échecs, leurs conversations... et peut-être même obtenir d'elle un baiser. Mais tout avait changé.

Ce matin, avant son départ, il avait requis sa bénédiction. Eleanor la lui avait donnée, comme il sied à une bonne épouse, mais elle avait agi avec un froid détachement.

Naturellement, il comprenait qu'elle soit affectée par les événements. Même si elle était forte et courageuse, elle était aussi vulnérable, et elle avait besoin d'être protégée.

Il soupira, reportant ses pensées sur la tâche qui l'attendait.

Ils se trouvaient sur un chemin aux confins du domaine de Tallany. La zone boisée était dense et plantée d'arbres hauts comme des cathédrales qui masquaient le ciel, tandis qu'une épaisse brume matinale flottait au ras du sol, gênant la visibilité.

Hugh était nerveux et sur ses gardes. Tous ses sens étaient en alerte, et il était pleinement conscient qu'un désordre ou un autre pourrait très bien survenir en chemin.

Si tout se passait comme prévu, ils pourraient remettre au roi une belle collecte d'impôts, avec en prime le Renard et ses hommes.

Ensuite, il mettrait tout en œuvre pour que Tallany retrouvât sa prospérité.

Il tendit l'oreille, essayant de distinguer des bruits inhabituels, tout en regardant autour de lui - et il sut tout de suite que quelque chose n'allait pas.

Hugh ignorait de quoi il s'agissait, mais le danger était presque palpable. Tout était trop calme.

Une sensation de menace imminente l'envahit, et il posa la main sur le pommeau de son épée.

C'était cette même impression qu'il avait avant chaque bataille. Dans cette épaisse forêt, il sentait la présence de l'ennemi sans le voir.

Ils étaient proches. *Très* proches.

Hugh dépassa Balvoire et remonta le cortège jusqu'à son sergent.

— Il faut presser le pas. Je ne veux pas que nous soyons trop loin derrière l'équipage de Sir William, ou nous pourrions être victimes d'une attaque surprise.

Balvoire le rejoignit.

— Inutile. Sir William nous enverrait un messager s'il rencontrait une difficulté.

— Je n'ai pas le temps de discuter, dit Hugh.

Puis il fit un signe de tête à son sergent.

— Allez plus vite. Et ouvrez l'œil.

Le sergent talonna sa monture, et tout le monde adopta une allure plus soutenue.

— Mais que redoutez-vous ? demanda Balvoire, furieux de ne pas avoir été écouté.

— Je n'ai pas le temps ! Rejoignez vos hommes à l'arrière. Vous laissez une brèche pour une attaque.

Au même moment, il perçut un mouvement en

hauteur, dans les branches d'un grand arbre. Les feuilles bruissèrent, et il y eut d'autres déplacements.

Il n'y voyait pas vraiment. Il pouvait s'agir d'oiseaux, ou de petits animaux, ou...

— Sergent, attendez ! cria-t-il.

Mais il était déjà trop tard.

Les hommes à l'avant venaient d'être désarçonnés : leurs montures avaient trébuché sur une corde tendue en travers du chemin.

— Halte ! C'est une embuscade, s'époumona Hugh.

Il tourna la tête. C'était aussi le chaos à l'arrière.

Une flèche siffla à son oreille, et des hommes masqués se laissèrent tomber des arbres, les encerclant.

Ils étaient pris au piège.

Hugh fut arraché à sa selle par-derrière et tomba sur le dos.

Malgré la douleur, il se releva aussi vite que possible et sortit son épée. Horrifié, il vit les hommes de Balvoire ôter leur armure en signe de reddition.

Eh bien, pas lui ! Il devait défendre le coffre, coûte que coûte.

Comme il s'apprêtait à croiser le fer avec un homme à la corpulence impressionnante, une pluie de flèches tomba autour de lui.

Levant la tête, il chercha à voir qui avait pu exécuter une attaque d'une telle précision.

Une silhouette aussi fine que menue était assise à califourchon sur une branche. Le mystérieux archer fit passer son carquois dans son dos, attrapa une corde et s'élança d'un arbre à un autre, avant d'atterrir sur le chariot transportant le coffre.

Il était vêtu de braies vertes et d'une tunique de même

couleur. Son visage était dissimulé derrière un masque de cuir marron, et un mantelet à capuche doublé de fourrure rousse lui couvrait les épaules et la tête.

Le Renard.

Ce n'était rien d'autre qu'un jouvenceau !

— Donc, vous êtes le fameux Renard ? demanda Hugh d'un ton moqueur.

Le brigand s'inclina avec cérémonie.

— À votre service, milord.

Tenant fermement son épée à la main, Hugh fit un pas en avant.

— Je vous conseille de ne pas bouger, dit le Renard.

— Et pourquoi cela ?

— Regardez autour de vous, tous vos hommes se sont rendus.

De gros rires éclatèrent, tandis que Hugh découvrait la capitulation de son escorte. Ses meilleurs hommes accompagnaient Will et le faux coffre destiné à duper les hors-la-loi.

Le plan était tellement intelligent. Hugh ne comprenait pas comment il avait pu échouer. Ces brigands étaient organisés, entraînés au combat - et bien informés.

La rage faisait bouillir le sang dans ses veines, mais il prit sur lui.

— Rendez-vous, dit le Renard. Seul le coffre nous intéresse.

— Je ne me rends jamais, riposta Hugh. Surtout face à un jouvenceau.

Le Renard sauta du chariot et se posta devant lui.

— Rendez-vous. Vous n'avez pas le choix.

— Jamais ! Vous devrez d'abord me tuer. Tant qu'il y

aura un souffle de vie dans mon corps, je remplirai mon devoir à l'égard de mon roi, et je protégerai ce coffre.

Hugh se tenait droit et fier, dégageant autant de courage et d'autorité qu'il pouvait en puiser en lui.

— Une telle attitude n'est pas nécessaire, dit le Renard.

— Affrontez-moi, brigand.

— Et pourquoi donc ? J'ai déjà neutralisé vos hommes, et je possède votre argent. Ce n'est pas si mal, pour un jouvenceau.

Quelque chose dans la façon de parler du Renard rappelait à Hugh quelque chose... ou quelqu'un ? Mais ce devait être un effet de son imagination.

Il pointa son épée vers le brigand.

— Vous êtes donc un lâche.

Le Renard ricana.

— Contrairement à ce que vous pensez, nous ne sommes pas des sauvages assoiffés de violence et de destruction.

Il claqua dans ses doigts, et un des brigands poussa devant lui Balvoire, ligoté et bâillonné, et le fit tomber à genoux devant son chef.

— Contrairement à lui, ajouta le Renard.

Hugh avait les jointures douloureuses à force de crisper les doigts sur son épée. Mais le chef des hors-la-loi ne semblait pas désireux d'en découdre. Il continuait à parler.

— Nous voulons seulement récupérer ce qui nous appartient.

— Qui êtes-vous ?

— Une personne sans importance.

Était-ce une illusion, ou bien le timbre de voix du brigand avait-il dévié vers les aigus ?

— Vous faites erreur. Comment cet argent pourrait-il être à vous ?

— Cet argent nous a été volé pour remplir les coffres du roi, afin d'organiser des guerres inutiles.

Les hommes du Renard crièrent leur approbation.

— C'est de la trahison ! s'écria Hugh.

Aussitôt, une dizaine d'épées furent dirigées vers lui.

— Baissez vos lames ! ordonna le Renard.

— Nous devons venger nos amis, cria un des brigands.

— Des hommes honorables, dit un autre.

— Comment osez-vous parler de la sorte ? protesta Hugh. Les voleurs n'ont pas d'honneur.

— Le voleur, c'est lui, dit l'homme qui se tenait près de Balvoire.

Il lui donna un coup de pied dans le dos et Balvoire tomba le nez dans la poussière.

— Vengeance ! Vengeance ! se mirent à crier les autres.

Le Renard remonta sur le chariot et tapa vigoureusement du pied pour faire cesser le vacarme.

— Non ! Nous n'avons jamais pris une vie, et nous n'allons pas commencer maintenant. Sinon, nous ne serions pas meilleurs qu'eux.

Les brigands commencèrent à se calmer.

— Nous sommes ici pour une seule chose : prendre le coffre. Maintenant, milord, je vous demande de poser votre épée et de vous rendre. Vous avez perdu cette bataille.

— Jamais !

Hugh se rua en avant et sauta sur le chariot, prenant le Renard par surprise. Le brigand riposta et ils croisèrent le fer quelques instants, avant de sauter à terre et de poursuivre le combat avec acharnement.

Ils tournèrent l'un autour de l'autre, comme dans une danse... une danse mortelle.

Hugh était plus grand, plus fort et plus expérimenté, et il montait sans relâche à l'attaque, tandis que le Renard se défendait par l'esquive et la reculade.

En tout cas, Hugh devait admettre que ce brigand connaissait l'escrime, même si sa pratique était rudimentaire, et du niveau tout au plus d'un jeune écuyer. Le jouvenceau avait été entraîné. Par qui, et dans quelle maisonnée ? Il était agile et souple sur ses jambes, aussi furtif que l'animal dont il avait pris le nom.

— Pas mal ! reconnut-il. Il semblerait que vous ayez des talents cachés, le Renard.

— Cela vous surprend, milord ?

— Vous me faites penser aux jeunes écuyers que j'ai entraînés par le passé, c'est tout. Et maintenant, je pense qu'il est temps d'en finir.

— Peut-être, milord...

Le brigand le surprit en sautant à nouveau sur le chariot.

— Ou peut-être pas...

Déjà, le Renard avait saisi la corde par laquelle il était descendu quelques instants plus tôt et remontait agilement dans l'arbre.

— Revenez ici et battez-vous !

— Le temps de l'amusement est terminé. Rendez-vous.

— Très bien. À votre guise.

Le Renard claqua des doigts et un homme abattit sa hache sur le sol, tranchant une corde dissimulée dans les feuillages. Une lourde nasse de cuir et de corde s'abattit sur Hugh.

Le Renard lui adressa un salut moqueur.

— Milord, ce fut un plaisir. Vous êtes aussi courageux qu'on le dit.

Puis le brigand s'adressa à ses hommes :

— Clouez le bord de la nasse pour qu'il ne s'échappe pas. Puis vous ligoterez les autres deux par deux. Sauf Balvoire. Celui-là, vous allez le dévêtir et le mettre dans le sac infesté de vermine. Ensuite, nous ferons bien de filer avant que le premier cortège se doute de quelque chose.

— Attendez ! cria Hugh. Je veux savoir pourquoi vous ne m'avez pas tué.

Le Renard croisa les bras.

— Je vous l'ai dit. Nous ne sommes pas des meurtriers. Nous n'avons pas choisi de faire ce que nous faisons, et nous n'agissons pas à la légère.

Il s'adressa à tous les autres captifs :

— Nous vous avons épargnés, contrairement à vous avec nos amis, dont l'un a été sauvagement exécuté et deux autres croupissent dans une geôle sordide. Ne l'oubliez pas.

— Chef, dit l'un des hommes, nous devons y aller.

Le Renard sourit du haut de son perchoir.

— Au plaisir de vous revoir, Lord Hugh de Tallany.

Et, pareils à un nuage de fumée, ils disparurent aussi vite qu'ils étaient arrivés, en emportant le coffre rempli d'argent.

— La prochaine fois, tu ne t'en tireras pas aussi facilement, marmonna Hugh, avant de serrer les dents sous le coup de l'humiliation.

9

Eleanor hésita avant de contourner le rideau de lin dissimulant le baquet en bois dans lequel Hugh se baignait.

Il était plongé dans l'eau tiède où infusaient des herbes purifiantes et des copeaux de savon, le regard froid et l'expression impassible. Malgré la chaleur du feu qui crépitait dans l'âtre, il y avait comme un grand froid dans l'air.

Eleanor soupira doucement et ravala sa culpabilité, sachant très bien pourquoi son mari se trouvait dans cet état de profonde morosité.

La nuit tombait quand le convoi mené par Will avait ramené Hugh au château. Ce dernier s'était réfugié dans leur chambre, en refusant de parler à quiconque.

Eleanor le comprenait. Elle ressentait sa douleur, et regrettait de n'avoir pu lui épargner cette humiliation.

Mais elle n'avait pas eu le choix.

Ce que ses hommes et elle avaient fait était juste. Ils avaient repris ce qui leur appartenait de droit, pour Tallany et pour les villageois.

Mais Hugh... Son mari était prêt à tout pour défendre le roi, même au prix de sa vie. Il avait l'honneur chevillé au corps, et elle l'admirait pour cela. Même si ce roi ne méritait pas un tel dévouement.

Elle savait que Hugh se serait battu jusqu'à la mort, et elle avait dû faire appel à tous ses talents pour que la situation ne tournât pas à la catastrophe.

Si quelque chose lui était arrivé, elle en aurait été dévastée.

Hugh était un homme bon, honorable...

Mais il était plus que ça.

Quand avait-elle commencé à s'attacher à lui ?

Il tourna la tête vers elle et grimaça un sourire.

Eleanor s'approcha de l'âtre, prit un seau qui y avait été mis à chauffer et compléta le bain avec de l'eau chaude. Elle inclina la tête, chercha à croiser le regard de Hugh, mais il fixait le vide.

— Ce n'était pas votre faute, dit-elle au bout d'un moment.

— Merci de vous soucier de moi, Eleanor, mais je préfère ne pas en parler.

Elle fit une nouvelle tentative.

— Vous n'auriez rien pu faire. Les brigands étaient au courant de vos plans, comme me l'a expliqué William.

Elle tira un tabouret et s'assit à côté du baquet.

— Oui, mais comment ? Ils connaissaient tous les détails de notre mise en scène : le faux cortège mené par Will, la seconde escouade avec le véritable coffre... Comment ont-ils réussi à nous piéger aussi facilement ?

Il secoua lentement la tête, dépité.

— C'est la première fois que j'échoue, et je ne le supporte pas.

— Le roi ne pourra pas vous en vouloir. Les brigands

dérobaient déjà les collectes d'impôts avant votre arrivée à Tallany.

— Oui, mais cette fois c'est arrivé sous mon commandement. C'était ma responsabilité, et j'ai échoué.

Il soupira.

— Une chose est sûre, nous avons un traître parmi nous. Quelqu'un connaissait notre plan et l'a communiqué au Renard.

— C'est impossible.

— Il n'y a pas d'autre explication envisageable.

Il ferma les paupières, sourcils froncés.

Eleanor se mordit l'intérieur de la joue. La possibilité que Hugh découvre la vérité à son sujet était réelle. Il était intelligent et percevait beaucoup de choses.

Elle devait s'assurer que cela n'arrivât jamais. Ce serait un désastre. De plus, elle ne voulait pas perdre l'estime et le respect qu'il avait pour elle.

Le voyant si triste, elle ne put s'empêcher de passer la main dans ses cheveux mouillés pour les coiffer en arrière.

Il leva les yeux vers elle, surpris.

Elle lui sourit et se pencha pour lui déposer un baiser sur les lèvres.

Un baiser de paix et de guérison.

Puis elle s'écarta et le regarda. Son beau visage exprimait la stupéfaction quand elle passa le pouce sur sa lèvre supérieure.

Comme s'il était soudain ranimé d'entre les morts, Hugh sortit un bras de l'eau, lui encercla les épaules et l'attira à lui, jusqu'à la plaquer contre le baquet.

Ils échangèrent un baiser passionné puis, sans avertissement, Hugh la souleva et la fit tomber dans le bain.

S'écrasant contre lui dans de grandes gerbes d'eau, elle cria de surprise, avant d'éclater de rire.

Puis leurs regards restèrent rivés l'un à l'autre, et le rire d'Eleanor mourut sur ses lèvres.

Hugh lui ôta son voile et le jeta à terre, puis il retira les épingles qui lui maintenaient les cheveux et y enfouit les doigts.

— Savez-vous que vous êtes très belle ? murmura-t-il.

Il l'embrassa à nouveau, avant d'ajouter :

— Et vous me divertissez de la plus étonnante façon. Merci.

Il lui caressa la joue avec le dos de ses doigts, puis agrippa les bords du baquet pour se relever.

— Maintenant, si vous permettez, milady, j'aimerais sortir.

Eleanor comprit qu'elle était gentiment congédiée, mais ne put s'y résoudre. S'installant à califourchon sur lui, elle pesa de tout son poids pour l'empêcher de bouger.

En dépit des épaisseurs de vêtements mouillés, elle sentait sa virilité contre elle mais, curieusement, elle n'en était pas effrayée. Au contraire, une chaleur intense la submergeait.

— Eleanor ?

Il la regarda intensément, cherchant une réponse dans ses yeux.

Elle avait du mal à respirer, et son cœur battait à tout rompre.

Encore indécise, elle se mordilla la lèvre, puis se pencha vers Hugh et l'embrassa.

Ayant obtenu sa réponse, Hugh lui donna un baiser d'une telle intensité qu'elle se sentit comme balayée par une vague puissante et irrésistible.

— Est-ce vraiment ce que vous voulez ? demanda-t-il.

— Oui, murmura-t-elle. Oui.

D'un mouvement rapide et puissant, Hugh se leva, la soulevant avec lui, sortit du bain et la porta jusque devant la cheminée. Là, il enroula un pan d'étoffe autour de ses hanches, puis il sécha les cheveux d'Eleanor avec des linges de lin, sans jamais détacher son regard d'elle.

— Je vous ai désirée à l'instant où j'ai posé les yeux sur vous, Eleanor de Tallany.

Il lui caressa la joue.

— Mais je voulais que vous veniez à moi de vous-même, quand vous seriez prête.

— Je le suis, Hugh.

Avec une lenteur exquise, il lui ôta ses vêtements trempés, lui frôlant la peau, apprenant les courbes de son corps, remplaçant les lourdes étoffes par la caresse légère de ses mains et de sa bouche.

Graduellement, les contours du corps d'Eleanor furent révélés.

Ses doigts se refermèrent sur l'ourlet de sa chainse[1], dernier rempart avant sa nudité, et commencèrent à la soulever.

Eleanor se figea. Il y avait des parties de son corps qu'elle ne pouvait pas exposer, sachant que Hugh en serait horrifié.

Elle s'écarta.

— Voulez-vous que j'arrête ?

— Non... Non... Mais...

Elle chercha son souffle.

— Je préfère l'ôter moi-même.

1. Longue chemise en toile.

— Il est un peu tard pour les pudeurs de jouvencelle, ne pensez-vous pas ?

Il l'enveloppa d'un regard enflammé par la passion.

— Voulez-vous bien vous tourner, mon époux ?

Hugh secoua la tête, amusé, et obtempéra.

Eleanor s'empressa d'ôter sa chainse et courut se réfugier dans le lit, en remontant le drap jusque sous son menton.

Étrangement, elle ne redoutait pas ce qui allait se passer entre eux. Elle était nerveuse, oui, mais elle n'avait pas peur.

Son cœur battait à tout rompre tandis qu'elle était étendue sur le dos, mais elle en connaissait la raison.

C'était à cause de Hugh. De lui uniquement, et de l'effet qu'il avait sur ses sens.

— Je suis prête, mon époux.

— Je l'espère, milady.

Son regard pétillait d'amusement tandis qu'il traversait la pièce.

Ôtant le linge de lin drapé autour de ses hanches, il se glissa entre les draps.

— Qu'avons-nous là ? Serait-ce une femme nue ?

Il l'embrassa, en souriant contre ses lèvres, tandis que ses mains la couvraient de caresses fiévreuses.

Au hasard des mouvements, leurs corps se rencontraient et chaque fois, à ce contact brûlant, un frisson de plaisir parcourait Eleanor de la tête aux pieds.

Elle voulait tellement satisfaire Hugh. Elle était prête à être tout ce qu'il voudrait qu'elle soit. Et pourtant, elle ne savait pas comment faire. Ces sensations étaient tellement nouvelles, et si différentes de l'impression qu'elle avait pu se faire de l'intimité avant, qu'elle se sentait perdue.

— Eleanor, allez-vous bien ?

— Bien sûr. Pourquoi demandez-vous cela ?

— Vous êtes aussi rigide qu'une statue. Ai-je fait quelque chose qui vous déplaisait ?

— Non, non. Tout est bien.

— Dans ce cas..., dit-il, avant de picorer de petits baisers ses épaules, son cou, sa poitrine.

Elle retint son souffle.

— Voilà que vous recommencez.

— Je suis désolée. Je ne sais pas si je fais bien.

Hugh s'interrompit et lui sourit.

— Il n'y a pas de notion de bien et de mal dans l'intimité d'un couple.

Elle lui rendit son sourire.

— Seriez-vous content que je dispose d'une grande expérience en la matière ?

— Pourquoi pas ?

Puis il redevint sérieux.

— J'en déduis que j'ai des choses à vous apprendre.

— Eh bien, oui. J'aimerais savoir comment vous faire plaisir.

— Nous pourrions essayer de nous faire plaisir l'un à l'autre.

— Et comment... Oh... Oh...

Eleanor se mit à gémir tandis qu'il lui embrassait les seins.

— Hugh, j'ai du mal à réfléchir quand vous faites ça.

— Eh bien, ne réfléchissez pas.

Il continua à l'embrasser et à la caresser, en descendant vers son ventre.

— Mais, je ne...

— Taisez-vous. Soyez à l'écoute de vos sensations.

— Vous parlez bien, vous.

— J'ai le droit.

Les doigts de Hugh s'aventurèrent vers les replis secrets de sa féminité.

— Je suis votre professeur, rappelez-vous.

Une chaleur insoutenable lui envahissait le ventre, la laissant muette et dépourvue de toute pensée. Chaque caresse l'entraînait un peu plus loin, au cœur d'un monde inconnu, fait de sensations enivrantes.

Elle entendit des gémissements modulés briser le silence de la pièce et réalisa qu'ils sortaient de ses lèvres.

Leurs yeux ne se quittèrent pas un instant tandis qu'il venait lentement en elle, s'interrompant un instant pour qu'elle s'habituât à lui.

Contre toute attente, elle n'éprouvait aucun inconfort, alors que cet acte n'avait toujours été pour elle que contrainte et souffrance, et elle s'émerveilla de la capacité de son corps à s'ouvrir pour accueillir Hugh tout entier.

Oubliant son terrible passé, elle se laissa entraîner dans une danse sauvage. Bientôt, le plaisir déferla en elle comme une énorme vague. Elle cria, tandis qu'une larme de bonheur lui coulait sur la joue. Ils chavirèrent ensemble alors que Hugh poussait un cri rauque.

Leurs jambes emmêlées, leurs respirations haletantes, ils restèrent hébétés un moment, incapables de bouger. Puis Hugh se souleva sur un coude pour lui déposer un baiser sur le bout du nez et l'attira contre lui.

La joue pressée contre son torse, Eleanor écouta les battements de son cœur reprendre un rythme normal et sa respiration décroître. Il fut bientôt si calme qu'elle le crut endormi, puis elle sentit qu'il lui caressait les cheveux.

— C'était vraiment... surprenant, déclara-t-il. Et merveilleux.

Il lui caressa tendrement la joue.

— Vous sentez-vous bien ?

— Oui.

Elle leva les yeux vers lui et lui sourit.

— Maintenant, nous sommes vraiment mariés.

— C'est vrai.

Il lui déposa un baiser sur le front et se leva.

— Ne bougez pas. Je vais essayer de trouver de la nourriture. J'ai soudain un appétit féroce.

Dès qu'elle fut seule, Eleanor passa à l'action, se rafraîchissant à la hâte, et se préparant pour le retour de Hugh.

Elle enfila une chemise de lin et un bliaud[1] de laine de la couleur des pommes vertes... Une nuance qui était assez proche de celle des yeux de Hugh.

Songeant à lui, elle s'émut. Il avait été incroyablement tendre, doux et patient, et lui avait donné tant de plaisir...

Oh ! Hugh...

Ses sentiments pour lui avaient changé, et pourtant elle devait rester sur ses gardes.

Elle ne pouvait s'autoriser une trop grande proximité avec lui. Mais ce n'était pas facile.

Hugh revint avec des mets à profusion : viandes, fromages, pâtisseries, pain et miel qu'il posa sur la table.

— J'ai trouvé de quoi nous donner des forces, annonça-t-il.

Eleanor alla à la table et versa de la bière dans deux gobelets. Elle en tendit un à Hugh.

1. Sorte de longue tunique.

— Merci. Mais vous n'aviez pas besoin de vous vêtir, mon épousée.

— Voudriez-vous que je me comporte comme une catin ?

— Certes, mais uniquement avec moi.

Eleanor rougit et secoua la tête.

— Vraiment, Hugh, est-il nécessaire que vous vous moquiez ?

— Pourquoi pas ? Maintenant que je suis vraiment votre époux, c'est ma prérogative de vous importuner le plus possible.

— Et moi qui pensais que vous étiez un galant chevalier.

Hugh prit le gobelet d'Eleanor et le posa sur la table avec le sien, puis il lui effleura la main d'un baiser.

— Ma galanterie vous est toujours assurée.

Puis il l'attira contre son torse nu et l'embrassa.

— Vous me faites sentir bien dénudé, dit-il. Peut-être devrais-je me couvrir. À moins que je ne vous ôte ces vêtements...

— Non, je ne crois pas.

Elle reprit son gobelet et but une gorgée de bière.

— Fort bien.

Il s'écarta pour aller prendre dans sa malle une tunique d'un rouge foncé semblable au vin de Gascogne qu'Eleanor prisait tant.

— Mais vous savez, Eleanor, il n'est pas nécessaire de me dissimuler la vérité.

Elle faillit s'étrangler avec sa bière.

— Qu'est-ce que cela signifie ?

— Mangeons, dit-il, en prenant place sur la chaise à bras.

Le silence tomba sur la pièce. Les yeux tournés vers

l'âtre, Eleanor observa la danse des flammes. Son cœur battait à tout rompre, et elle n'avait plus soudain le moindre appétit.

Hugh toussota pour attirer son attention.

— Je comprends pourquoi vous ne vouliez pas que je sache, milady. Mais après ce que nous avons partagé, je l'aurais découvert tôt ou tard.

Eleanor soupira.

— Ce n'est pas quelque chose dont j'ai envie de parler. Surtout avec vous.

— Au contraire. C'est surtout avec moi que vous devriez le faire.

— Ne comprenez-vous pas que j'ai honte ?

— Ce n'est pas à vous d'avoir honte de ce que vous avez subi. Montrez-moi.

— Je ne peux pas, murmura-t-elle.

Personne n'était au courant des sévices qu'elle avait endurés, à part Brunhilde et Gilbert.

— Que penserez-vous de moi ?

— Que vous êtes une femme très courageuse. Maintenant, montrez-moi.

Il lui prit la main et lui embrassa le bout des doigts.

— S'il vous plaît.

Hugh semblait décidé à faire tomber toutes les barrières qu'elle avait dressées autour d'elle pour se protéger.

Fort bien. Qu'il en soit ainsi.

Elle hocha vigoureusement la tête et se leva.

— Venez, dit Hugh.

Il lui prit la main et la mena vers la cheminée.

Là, il lui ôta sa tunique.

— Je vous préviens, c'est très laid à regarder, dit-elle.

Puis elle prit une profonde inspiration, pour se donner du courage, et se tourna lentement.

Tandis qu'il soulevait sa chainse, elle ferma les yeux et attendit la réaction de dégoût qui n'allait pas manquer de suivre.

Il n'y en eut pas.

Du bout des doigts, Hugh suivit avec délicatesse les traces boursouflées des cicatrices dans son dos.

— Cela vous fait-il encore mal ? demanda-t-il d'une voix douce.

Eleanor haussa les épaules et secoua la tête.

— Plus maintenant. Brunhilde connaît des remèdes miraculeux.

Elle soupira.

— Je suis désolée, Hugh. Je ne voulais pas que vous voyiez cela.

Eleanor fit retomber sa chemise de lin sur son corps et se tourna face à Hugh.

— Pourquoi ? Vous n'y êtes pour rien. La faute en revient à Millais.

— Je sais. Mais je n'étais pas la femme qu'il voulait que je sois.

— Non ! Vous n'allez pas lui trouver d'excuses.

Il prit son visage entre ses mains.

— C'était un monstre, et j'espère qu'il brûle aujourd'hui dans les flammes de l'enfer.

— Merci de ne pas me juger.

— Vous juger ? Non. Mais je comprends maintenant votre réticence initiale à notre mariage.

Ils retournèrent s'asseoir.

— Je sais à présent que tous les hommes ne sont pas comme lui, dit Eleanor.

— Je suis ravi de l'entendre. Mais je n'ose imaginer ce que cette union a été pour vous.

— J'avais quatorze ans quand j'ai été promise à Millais, et il en avait dix de plus. Après notre mariage, notre relation s'est très vite détériorée.

— Pourquoi ?

— Il n'était pas l'homme que j'avais imaginé. Et je vous l'ai dit, Millais pensait que j'étais anormale. Il voulait me dresser, me faire rentrer dans le rang.

— C'était un monstre, tout simplement. Et son attitude n'était pas justifiée par ce que vous étiez, mais par le vice qu'il portait en lui.

— Je le comprends maintenant. Grâce à vous.

— Vous n'avez aucune honte à avoir. Ce sont vos blessures de guerre, tout comme celles que je porte sur mon corps, moi aussi. Vous avez surmonté l'adversité, et vous avez survécu.

Eleanor ressentit une immense reconnaissance à l'égard de Hugh. Ces mots, tout simples mais nécessaires, avaient déverrouillé quelque chose au plus profond d'elle.

— Merci pour votre compréhension, Hugh. Je devais survivre, mais les choix que j'ai faits n'ont jamais été faciles.

— Je n'en doute pas. Parfois, les décisions que nous prenons sont difficiles, mais nous en avons besoin pour continuer à aller de l'avant.

Laissant passer un silence, il ajouta :

— Vous n'avez plus à vous cacher de moi, maintenant.

Oh si, elle le devait. Elle le devait vraiment.

Plus tard, Hugh porta Eleanor jusqu'au lit, et il prit cette fois tout son temps pour lui faire découvrir les gestes de l'amour charnel.

Leur étreinte fut à la fois tendre et enivrante. Ils recherchèrent le plaisir avec la même ardeur, la même intensité, aussi affamés, aussi insatiables l'un que l'autre.

Hugh était heureux, en paix. Après des débuts calamiteux, leur mariage trouvait maintenant une autre tournure.

Être au lit avec sa femme, la tenir entre ses bras était comme un baume apaisant sur une plaie. Il en avait besoin, et il était sûr que c'était le cas aussi pour Eleanor.

Lorsqu'elle l'avait embrassé dans le bain, c'était par compassion, pour le réconforter après ce qu'il avait subi de la part des brigands. Et cela montrait qu'elle avait des sentiments pour lui.

L'espoir que cela engendrait était immense. Était-ce la promesse d'autre chose ? D'une émotion qu'il rejetait depuis des années, tout en la désirant secrètement. Quelque chose qui tiendrait du respect mutuel, du compagnonnage complice... de l'amour.

Voilà, le mot était lâché. Mais seul le temps dirait si cette possibilité existait, et s'il était prêt à faire de nouveau confiance à une femme.

— À quoi pensez-vous, Hugh ?

— À rien, ma douce. Dormez.

Il lui caressa les cheveux et lui embrassa le dessus de la tête.

— Je le ferai quand vous m'aurez répondu.

— Je pensais que j'avais de la chance de vous avoir dans mes bras.

Elle se blottit plus étroitement contre lui.

— C'est également vrai pour moi.

Hugh comprit alors qu'il en avait assez de sa vie itinérante de soldat, des dangers affrontés sur les champs de bataille, et qu'il aspirait à autre chose.

Il voulait cette vie paisible avec Eleanor, ici, à Tallany. Administrer le domaine, veiller au bien-être des villageois, et fonder une famille

Et il était prêt à se battre pour l'obtenir.

— Savez-vous ce que je pense d'autre ? demanda Eleanor.

Il secoua la tête.

— Que je ne vous connais pas bien. Je le devrais pourtant. Vous êtes mon mari.

— Je suis ravi que nous ayons établi cela. Mais cette conversation peut sans doute attendre...

— Non.

Pliant un bras derrière sa tête, il fixa l'obscurité et soupira.

— Que voulez-vous savoir ?

— Tout. Où vous avez grandi, si vous avez des frères et sœurs... Ce genre de choses.

Hugh tourna la tête et vit un rayon de lune danser sur le visage d'Eleanor.

— Tant de questions au milieu de la nuit...

Il soupira, mais il était en réalité plus amusé qu'agacé.

— Fort bien. Je suis né dans le petit hameau de Watamestede, près de St Albans. J'avais deux frères plus âgés que moi et trois sœurs plus jeunes. Seuls trois d'entre nous ont survécu jusqu'à l'âge adulte.

— Je suis désolée. Ce n'est jamais facile de perdre des membres de sa famille. Est-ce pour cela que vous êtes parti chercher fortune ?

— J'étais ambitieux, et je voulais prouver ma valeur. J'avais d'autant plus envie de devenir quelqu'un que je me croyais amoureux.

— Oh ! je vois...

— Non, je ne pense pas, Eleanor.

Hugh secoua la tête tandis qu'il entrelaçait ses doigts à ceux de sa femme.

— Il m'a fallu du temps pour atteindre le statut que je visais. Mais après des années de dur labeur, je suis enfin devenu chevalier. Cependant, je ne possédais pas de terres et, aux yeux d'Anaïs Courville, cela n'était pas acceptable.

— Que s'est-il passé ?

— Je suis rentré chez moi, et j'ai découvert que la femme qui avait promis de m'attendre avait épousé mon frère aîné, sans nul doute pour devenir la maîtresse de notre petit manoir familial. Après cela, je ne suis plus jamais retourné là-bas.

— Vous n'avez jamais revu votre frère ?

— Non. Et c'était mieux ainsi.

— Mais vous ? C'était votre demeure ancestrale.

— C'était mieux pour moi aussi. Je devais rompre le lien. Et puis, vous savez, un soldat n'a pas de maison.

— Elle ne vous méritait pas.

Eleanor lui pressa la main.

— Votre maison est ici désormais. À Tallany.

Hugh sentit son cœur se serrer d'émotion. Il n'avait jamais partagé cela avec personne, pas même avec Will, qui savait peu de chose de son passé, et cela lui faisait du bien de se confier.

— Merci, dit-il. Mais assez de cette triste conversation. Dormons, maintenant.

Il lui déposa un baiser sur le front, pensant en rester là. Mais Eleanor n'avait pas dit son dernier mot.

— Je suis désolée qu'elle vous ait fait du mal.

— J'ai compris deux choses après ce terrible épisode. Et jamais je ne répéterai la même erreur. Tout d'abord, je ne crois pas à l'amour. Cela n'existe pas.

Eleanor s'écarta, l'observant dans la pénombre.

— Vous n'y croyez pas ? Eh bien, au moins, vous n'essayez pas de donner le change.

— Non, cela ne sert à rien. L'amour est une émotion oppressante, inéquitable, qui fait agir les gens de façon déraisonnée. Cela fait ressortir ce qu'il y a de plus mauvais en nous.

— Je vois.

— Je suis désolé. Je n'aurais pas dû dire ça. Mais nous étions convenus, il y a un moment, que les élans du cœur ne nous affecteraient pas.

— C'est vrai. Puis-je vous demander ce que vous avez compris d'autre ?

— J'espère que vous ne me jugerez pas mal, mais j'ai pris conscience qu'il y a des choses que je ne peux ni pardonner ni oublier. Je sais qu'avec le temps j'aurais dû apprendre à passer outre, mais pour moi, trahir la confiance de quelqu'un est le pire des péchés.

Non, il n'aspirait pas à l'amour. Ce n'était pas pour un homme pragmatique comme lui. Il avait engagé son cœur une fois, et cela avait très mal tourné. Il ne prendrait pas à nouveau ce risque.

Attirant Eleanor contre lui, il lui déposa un baiser dans les cheveux.

— Bonne nuit, mon épousée. À demain matin.

10

Les jours suivants furent remplis d'activité, tandis qu'on vaquait aux préparatifs en vue du long voyage vers Winchester Castle, la demeure ancestrale du roi Jean, et son lieu de résidence favori. Même son plus jeune fils, le prince Henri, était né là-bas.

Hugh, Will et leurs hommes avaient été convoqués à cette cour de fortune, Sa Majesté ayant besoin du soutien de tous ses alliés contre les nouvelles attaques des barons rebelles. Ces derniers exigeaient à présent du roi Jean qu'il signât la Magna Carta, ou Grande Charte, par laquelle ils exigeaient de Sa Majesté la libération d'otages, le respect de certaines règles de droit propres à la noblesse et le contrôle de la politique fiscale.

Ayant lu la missive du roi, Hugh avait deviné sa colère et son refus de plier. Jean n'était pas un homme facile, et une situation comme celle-ci était susceptible de très vite tourner au désastre. Tout le pays pouvait se retrouver à feu et à sang.

Mais Hugh n'avait pas le choix et devait répondre à la convocation du roi.

Il en allait de son honneur.

Ses journées avaient donc été occupées à informer ses

hommes, organiser la collecte de provisions et préparer les chariots nécessaires au transport.

Il avait également passé les bois au peigne fin, cherchant à localiser le Renard et ses hommes. Les brigands restaient introuvables. Une fois encore, ils semblaient s'être volatilisés.

Quant aux prisonniers, ils continuaient à clamer leur innocence et affirmaient ne pas connaître les hors-la-loi.

Tout cela laissait peu de temps à Hugh pour tenir compagnie à Eleanor, ce qui ne l'empêchait pas de penser constamment à elle.

Son expression quand il l'avait faite sienne resterait à jamais gravée dans son esprit. Leur entente physique dépassait tout ce qu'il avait pu connaître jusqu'alors avec une femme. Et quand il la regardait, avec ses grands yeux bruns, son épaisse chevelure soyeuse couleur de châtaigne, et ce corps qu'il avait le plaisir d'explorer chaque nuit, il avait envie d'abandonner sur-le-champ ce qu'il faisait pour la conduire à leur chambre.

Mais il n'y avait pas que cela. Elle était intelligente, vive d'esprit, amusante, ce qui l'intriguait et le captivait tout à la fois.

En vérité, il appréciait beaucoup Eleanor et affectionnait sa compagnie. Il prisait ces regards entendus entre eux, ces joutes verbales, ces fous rires… Il aimait la surprendre en lui offrant de menus présents, et observer son ravissement. Il admirait aussi la constance avec laquelle Eleanor veillait sur Tallany et ses gens. Elle ne considérait pas comme étant en dessous de sa condition de travailler durement, à l'image d'une simple paysanne.

Oui, il l'appréciait vraiment beaucoup, et cela lui faisait peur. Il savait qu'il ne devait pas s'autoriser à devenir trop proche d'elle. Cela n'avait jamais fait partie de leur accord. Mais il ne pouvait pas s'en empêcher.

Dès lors, la seule chose à faire était de s'occuper sans relâche pour éviter d'y penser.

Comme un fait exprès, il la vit soudain apparaître au milieu de la foule qui occupait le cœur du village, et tendre une pièce à une vieille mendiante.

Elle l'aperçut à son tour et lui adressa un petit signe. Aussitôt, il perdit tout intérêt pour ce qu'il faisait, et ne put s'empêcher de la rejoindre en quelques enjambées.

— Quelle plaisante surprise, ma mie.

Il jeta un coup d'œil à la vieille femme.

— Je vous ai interrompue, peut-être ?

— Pas du tout, mon bon. Voici Aedith, dont je vous ai déjà parlé. Elle vient du hameau d'Ulnaby, au bornage nord du domaine. Les habitants n'ont plus de nourriture, la récolte ayant été mauvaise cette année.

— J'en suis désolé, mais soyez assurée que je vais remédier à cela.

Il adressa un signe de tête à la vieille femme.

— Puis-je vous être d'une autre utilité, Aedith ?

La mendiante écarquilla les yeux, et son regard passa de l'un à l'autre.

— Non, non, bien le merci, milord. Dieu vous garde, ainsi que milady.

Elle esquissa une révérence et s'en alla aussi prestement que le lui permettait sa boiterie.

Hugh se tourna vers Eleanor.

— Pourquoi n'ai-je pas été informé avant de tous ces maux ?

— Je ne l'ai appris que récemment. Je pense que les

habitants d'Ulnaby n'étaient pas certains d'obtenir notre aide.

Il haussa un sourcil.

— Vous voulez dire qu'ils n'avaient pas confiance en leur nouveau châtelain ?

— Je l'ignore. Mais ils seront maintenant rassurés.

Elle sourit.

— C'est déjà le cas pour les autres hameaux, dont les habitants savent qu'ils n'ont pas à vous craindre.

— Voilà qui est bien.

— Il y a autre chose que je voulais vous demander...

Elle adressa un petit signe à Brunhilde, qui esquissa une révérence et s'éloigna.

— Je vous écoute, ma mie.

— Je me disais qu'il serait peut-être bon que je vous accompagne à Winchester...

— Tout le plaisir serait pour moi.

— Bien. Je pense qu'il est temps que j'apparaisse à la cour, maintenant que je suis une femme mariée. Cela me permettra aussi de m'incliner sur la tombe de ma famille, à la chapelle St Michael de Milnthorpe.

— Naturellement. Et il me serait agréable de vous y accompagner.

— Alors, c'est décidé ? Je puis prendre mes dispositions pour demain ?

— Ça l'est, et vous le pouvez. Allez donc vous préparer, ma mie. Je vous retrouverai plus tard dans notre chambre.

Elle se hissa sur la pointe des pieds et lui déposa un baiser sur la joue.

— Oui, mais beaucoup plus tard, alors. J'ai encore fort à faire au village. Soyez aimable de ne pas m'attendre.

— Comme il vous plaira. Mais si vous me faites porter un message, je vous escorterai jusqu'au château.

— Ne vous mettez pas en peine. Je n'ai pas l'intention de m'aventurer dans les hameaux environnants.

— Je le sais, mais ce n'est pas une bonne idée de vous trouver hors l'enceinte fortifiée à cette heure de la soirée. Vous n'ignorez pas que de dangereux brigands rôdent autour du village.

— Vous êtes par trop occupé, Hugh. Je demanderai à Gilbert de me raccompagner. Êtes-vous rassuré ?

— Fort bien.

Il lui prit la main et y déposa un baiser.

— À plus tard, Eleanor.

Eleanor regarda la silhouette de Hugh disparaître dans une ruelle et relâcha son souffle.

Portant les doigts à son front, elle le massa légèrement pour tenter de faire disparaître la douloureuse sensation de battement dans sa tête.

Elle s'en voulait terriblement d'avoir menti à son mari, mais elle n'avait pas d'autre choix.

À la hâte, elle regagna la forteresse et alla trouver refuge sous une arche de la haute-cour, attendant que Gilbert la rejoigne.

— Tout est prêt, milady, annonça l'intendant.

— Bien. Je vais aller me changer dans la chambre de Brunhilde.

— Où dois-je vous attendre ?

— Près de l'entrée de la cave. Il commence à faire nuit, et personne ne s'y trouvera.

Sans plus attendre, Eleanor se précipita vers les cuisines.

La chambre de Brunhilde se trouvait à côté, installée dans un garde-manger désaffecté. Dès que son veuvage lui avait rendu sa liberté, Eleanor avait été heureuse de proposer à sa dévouée femme de chambre une pièce à elle, ainsi qu'une autre à Gilbert, près des écuries, afin de les remercier pour l'aide qu'ils lui avaient offerte quand sa famille avait péri.

Ôtant ses vêtements de châtelaine, elle se changea en servante, ce qui lui permettrait de passer inaperçue pour se rendre au rendez-vous arrangé avec Gilbert à la cave. De là, elle pourrait quitter l'enceinte du château et rejoindre les hors-la-loi, pour une dernière mise au point avant son départ.

Il lui fallait faire vite, avant le retour de Hugh.

Ah, Hugh...

Son mari était rarement éloigné de ses pensées. Elle aimait passer du temps avec lui. Et, pour être tout à fait honnête, elle était impatiente de le retrouver chaque soir dans l'intimité de leur chambre. Ces quelques nuits passées ensemble avaient été une merveilleuse révélation pour elle.

Cependant, elle gardait en tête les mots qu'il avait prononcés après leur première étreinte.

« Il y a des choses que je ne peux ni pardonner ni oublier. Pour moi, trahir la confiance de quelqu'un est le pire des péchés. »

Cette déclaration la troublait grandement et ne pouvait que renforcer sa détermination à protéger son secret.

Elle ne pouvait imaginer les conséquences s'il découvrait qu'elle était le Renard.

11

Plongé dans ses pensées à propos des jours à venir, Hugh venait de prendre congé de Will et arpentait inlassablement la haute-cour.

Sans qu'il en ait conscience, ses pas le menèrent aux abords de la cave, là où les cuisiniers du château entreposaient la nourriture qui devait se conserver au frais.

Dans la pénombre, un mouvement attira son attention.

C'était peut-être un animal, ou le frémissement des feuilles du grand chêne qui avait poussé juste derrière le mur d'enceinte.

Mais non, des bruits de pas et d'étoffes froissées le mirent sur ses gardes.

Il y avait quelqu'un...

Mais qui rôderait de ce côté du château à cette heure ?

Alerté, il s'avança furtivement vers la silhouette mouvante, essayant de mieux y voir sans éveiller l'attention.

Ce n'était probablement rien, un domestique enivré qui se serait trompé de côté après être rentré de la taverne... Mais s'en assurer serait des plus avisé.

Avec le Renard et sa bande, sans compter la présence possible d'un traître dans l'enceinte du château, la prudence était de mise.

Il devait s'assurer que Tallany et ses environs étaient sûrs et inaccessibles.

Il n'avait pas le temps d'aller chercher Will en renfort, et il ne lui restait donc d'autre choix que de suivre lui-même ce rôdeur.

La silhouette, enveloppée d'une cape sombre, s'arrêta un bref instant pour regarder par-dessus son épaule. Son profil fut alors éclairé par la lune.

Eleanor ?

Non, ce n'était pas possible ! Il avait dû se tromper. Que ferait sa femme à cet endroit, de toute façon ?

Il devait à tout prix filer la silhouette, jusqu'à obtenir des réponses.

Étrangement angoissé, le cœur battant trop vite, il suivit à pas de loup, en prenant soin de ne pas se faire remarquer.

Hugh se dissimula derrière une arche, tandis que la silhouette retrouvait une autre personne.

Gilbert Claymore, l'intendant de Tallany.

Les deux silhouettes se glissèrent à l'intérieur, et Hugh les imita. Celle qui portait une cape fit retomber le capuchon dans son dos, révélant qu'il ne s'était pas trompé.

C'était bien Eleanor.

Pourquoi retrouvait-elle l'intendant ici, et en prenant de telles précautions ? Cela n'avait aucun sens.

Il avait envie de la héler, de lui demander des explications. Mais la raison lui enjoignit d'attendre et d'observer.

Pour le moment, il n'entendait que des sons étouffés et ne parvenait pas à saisir leur conversation.

Il se rapprocha et s'accroupit dans un recoin.

Eleanor tourna la tête.

— Qu'était-ce, Gilbert ?

— Sans doute une souris.

— Pressons-nous. Nous devons partir sur-le-champ.

— Oui, milady.

Ils se dirigèrent vers un grand coffre posé le long d'une des parois voûtées.

Gilbert souleva le couvercle.

— Après vous, milady.

Stupéfait, Hugh regarda Eleanor pénétrer dans le coffre.

Après quelques instants, Gilbert l'imita et rabattit le couvercle au-dessus d'eux.

Ne parvenant pas à croire à la scène qui venait de se dérouler sous ses yeux, Hugh se précipita vers le coffre, l'ouvrit… et découvrit qu'il n'y avait personne à l'intérieur.

Ce n'était pas possible !

Il avait vu sa femme et l'intendant du château y entrer tour à tour, et ils avaient disparu.

La seule façon de découvrir ce qui se tramait était de les imiter.

Il se glissa à l'intérieur du meuble, rabattit le couvercle et attendit dans le noir.

Rien ne se passa.

Ne s'avouant pas si facilement vaincu, il tâtonna les parois, à la recherche d'un mécanisme secret.

Ses doigts finirent par entrer en contact avec une encoche dans le panneau du fond. Celui-ci glissa, révélant un trou béant dans le mur.

Il se faufila dans l'ouverture et atterrit dans un tunnel.

S'il connaissait l'existence de souterrains reliant diverses parties du château entre elles, et offrant aussi des accès hors de l'enceinte fortifiée, ce passage lui était inconnu.

Pressant le pas, il vit danser au loin la flammèche d'une torche, qui s'amenuisait.

Eleanor et Claymore avaient pris de l'avance sur lui.

Avançant à l'aveugle, il pria pour ne pas rencontrer d'obstacle, ni se trouver face à une intersection.

Tout cela ne lui disait rien qui vaille. Cela sentait la conspiration à plein nez.

Mais il devait se montrer patient, et accorder le bénéfice du doute à Eleanor, jusqu'à ce qu'il découvre de quoi il retournait.

Il finit par les rattraper, mais veilla à rester à distance pour ne pas attirer leur attention.

Le tunnel devenait de plus en plus étroit et sinueux. Gilbert poussa une porte en bois orné de gros clous en fer, et ils empruntèrent une autre galerie.

Soudain, le passage s'ouvrit sur une vaste salle ronde, qui ressemblait à une grotte. De l'air froid y pénétrait.

L'intendant poussa une vieille grille rouillée couverte de mousse et soudain ils furent dehors.

Hugh suivait toujours, de loin, et découvrit qu'ils se trouvaient maintenant aux abords d'un marécage, à bonne distance du château.

Étonnamment, le tunnel secret, qui semblait interminable, les avait menés au-delà de la motte féodale[1], et même du village.

Ils étaient maintenant au beau milieu de nulle part, dans une zone humide et boisée.

En proie à un mauvais pressentiment, Hugh continua à pister sa femme et l'intendant.

Après un long moment à zigzaguer entre les arbres et à piétiner un terrain boueux, Hugh les vit approcher d'une hutte en bois.

Caché derrière un rocher, profitant d'un rayon de

1. Type de fortifications en terre.

lune, il observa la scène. Sa femme entra seule dans la cabane, tandis que Gilbert restait dehors, sans nul doute pour monter la garde.

Hugh essuya son front couvert de sueur, le cœur battant férocement tandis qu'il sentait monter son malaise.

Bon sang, mais que mijotait Eleanor ?

Il ne pouvait pas s'approcher davantage, au risque de se faire repérer par Gilbert, et il était impératif qu'il ne soit pas découvert.

Il devait savoir à quoi rimait l'étrange comportement d'Eleanor, même s'il redoutait d'apprendre la vérité.

Enfin, la porte s'ouvrit et quelqu'un sortit.

Eleanor ?

Non. La silhouette qui allait à la rencontre de Gilbert était celle d'un homme, ou plutôt d'un jouvenceau.

Et pas n'importe lequel.

C'était le Renard, le brigand qui l'avait humilié quelques jours auparavant, portant son masque de cuir et son mantelet orné de fourrure.

12

Hugh eut l'impression qu'on venait de lui asséner un coup de poing en plein dans l'estomac, et que tout l'air se retirait de son corps.

Comment était-ce possible ?

Il serra les dents et les poings, jusqu'à ce que ses articulations blêmissent.

Il ne pouvait y croire.

Ce devait être une erreur !

Eleanor et le Renard...

Son sang était en ébullition. Pendant tout ce temps, sa femme complotait avec le hors-la-loi.

Sa propre femme !

Il avait envie de taper sur quelque chose. Ou, mieux encore, sur quelqu'un.

C'était tellement invraisemblable.

Il regarda Gilbert s'éloigner, puis revenir avec deux chevaux qu'ils avaient dû cacher quelque part. Les deux hommes enfourchèrent leur monture et s'éloignèrent à travers bois.

Hugh n'avait aucun moyen de les suivre. Et il ne voulait pas non plus entrer dans la hutte et confronter Eleanor à ses mensonges et à sa duplicité.

Eleanor, sa femme, et le Renard. Seigneur !

La logique impliquait que ce soit elle, le traître qu'il recherchait.

C'était Eleanor qui avait fait passer les informations au Renard. Et c'était elle qui avait travaillé contre lui depuis le départ.

Quel fou il avait été !

S'il s'était montré plus attentif, le choc aurait peut-être été moins grand.

Mais il avait fini par s'attacher à elle, jusqu'à devenir proche... Il l'avait appréciée...

Il l'appréciait *toujours* !

Seigneur, il devait se sortir de ces émotions futiles, et vite !

Quand il pensait à toutes ces nuits de délicieuse intimité qu'ils avaient récemment partagées...

Une rage folle s'empara de lui à l'idée de l'étendue de la trahison d'Eleanor.

Comment avait-elle pu lui faire cela ?

Il était malade de penser que leur première nuit de passion avait eu lieu juste après l'humiliation que lui avait fait subir le Renard, alors que c'était précisément à Eleanor qu'il devait ce traitement.

Pourquoi ? Mais *pourquoi* ?

« Mon château, mes terres et ma fortune sont à vous... Même mon corps est votre propriété. Mais vous n'aurez jamais mon cœur. »

Ces mots prononcés par Eleanor le soir de leur nuit de noces, nuit qui n'avait pas eu lieu, d'ailleurs, prenaient à présent tout leur sens.

Avait-elle déjà donné son cœur au Renard, ce garçon qui n'était même pas encore un homme fait ?

Il ne le savait pas et s'en moquait éperdument.

Ou plutôt, il aurait aimé ne pas s'en soucier.

Il songea à la façon dont Eleanor s'était abandonnée dans ses bras. N'était-ce qu'une comédie ? Ce qu'elle lui avait dit n'était-il que mensonges ?

Seigneur, il en avait l'estomac révulsé.

Il n'avait qu'une envie, faire irruption dans cette hutte, et exiger la vérité.

Mais non, il préférait encore attendre et voir jusqu'où irait sa forfaiture.

Après tout, il était possible que tous ici, tous les gens de Tallany, les villageois, les habitants des hameaux éloignés, soient de mèche avec les hors-la-loi.

Il était pourtant prêt à comprendre leurs tourments et à les aider à les affronter. Mais pas comme ça. Pas en bafouant la loi et en outrageant le roi.

Les mâchoires crispées, le regard courroucé, il fixa la cabane où Eleanor attendait le retour de ses complices et sentit une intense souffrance envahir son cœur.

Que cette femme soit maudite !

Plus jamais elle ne se jouerait de lui. Oui, il la mettrait sous peu face à ses mensonges. Mais il devait attendre pour cela leur retour de Winchester.

D'ici là, il en aurait peut-être appris davantage, puisqu'elle devait voyager avec lui.

Dire qu'il s'était réjoui de l'avoir à ses côtés… À présent, cette idée le répugnait.

En attendant, il ne lui restait plus qu'à s'enivrer pour oublier.

Cachée sous son masque et sa capuche, Eleanor se demandait, comme chaque fois qu'elle rencontrait ses hommes, s'ils la suivraient encore aussi aveuglément s'ils apprenaient un jour qu'elle était leur châtelaine.

Oh ! ils savaient bien que Lady Eleanor soutenait leur cause, mais pour le reste, seuls Gilbert, Brunhilde et le père Thomas étaient au courant.

Elle se rappelait encore ce jour où elle avait demandé à son intendant de rassembler des hommes de la région qui pourraient adhérer à ses idées. Elle avait pris cette décision après que les mercenaires du roi eurent fondu sur le village, semant la terreur et spoliant les serfs de leurs maigres possessions.

Les caisses de Tallany étaient vides, mais ces hommes cruels avaient fait main basse sur tout ce qui restait, ils avaient tout pris, ne laissant que la désolation sur leur passage.

Eleanor avait alors compris qu'il fallait faire quelque chose, afin que ses gens n'aient plus jamais à endurer une telle ignominie.

Le Renard était né ainsi.

Cela n'avait pas été facile, surtout au début. Le Renard avait dû convaincre la poignée d'hommes rassemblés devant « lui » qu'il avait l'envergure d'un meneur. Ils s'étaient montrés sceptiques, malgré le clair soutien de Gilbert Claymore et du père Thomas. Il était vrai que, de prime abord, suivre un frêle jeune homme masqué dont ils ignoraient tout n'avait rien d'évident pour eux.

Revenant au présent, Eleanor se racla la gorge pour attirer l'attention de chacun.

— J'ai organisé cette réunion pour parler de questions pressantes.

Elle modifiait sa voix de façon à ne pas être reconnue.

— Mais pour commencer, levons notre verre à nos amis disparus.

Les hommes obtempèrent, puis Anselm prit la parole.

— Vous auriez dû me laisser trancher la gorge du nouveau seigneur de Tallany.

D'un regard, le Renard le fit taire.

— Cela aurait changé quoi ? Nos amis seraient-ils revenus ? Non. Et puis, ce n'est pas Lord Hugh de Tallany qui a assassiné l'un des nôtres, mais ce monstre de Balvoire, un homme totalement dénué de principes.

Anselm se laissa tomber sur son banc en soupirant.

— À la place, nous avons rendu hommage à nos amis en prenant ceci.

Le Renard posa sa main gantée sur le coffre.

— Fort bien, Renard, mais que deviennent Osbert et Godwin ? Lady Eleanor va-t-elle les libérer ?

— Vous devez savoir que ce serait risqué pour elle, Anselm. Je peux vous assurer qu'ils sont bien traités. N'est-ce pas, Claymore ?

— Assurément.

Anselm se massa la joue.

— Bien, bien. Mais que va-t-on faire de l'argent ?

— Vous allez en déposer quelques sacs à l'église, et le père Thomas le distribuera aux villageois, en fonction de leurs besoins.

Le Renard se tourna vers le prêtre, qui sourit et hocha la tête.

— Mais ce que je voulais vous annoncer, c'est que nous devrons cesser nos réunions pendant un moment.

— Quoi ? cria quelqu'un.

— Comment ? dit un autre.

— Ce n'est pas le moment de renoncer, protesta un troisième.

— Il faut continuer à nous battre ! ajouta Anselm.

— Non ! Cela devient trop dangereux. Nous avons réussi jusqu'à présent à ne pas nous faire prendre, mais vous avez vu ce qui est arrivé quand nous avons relâché notre vigilance. L'un d'entre nous a été tué, et deux autres sont prisonniers. Je ne veux pas d'autres pertes en vies humaines. Nous allons donc démanteler le groupe pendant un moment.

Il y eut des protestations, mais le Renard prit son gobelet métallique et le tapa sur la table pour faire cesser le vacarme.

Sous son masque, Eleanor observa lentement l'assemblée, s'arrêtant sur chaque visage.

— Je prends la sécurité de chacun très au sérieux. Et je ne courrai aucun risque tant que le danger ne sera pas éloigné. Je me méfie grandement de Balvoire. Qui sait ce qu'il a en tête en ce moment.

Émue, Eleanor reprit son souffle et fit en sorte que sa voix ne tremble pas.

— Nous avons toujours lutté ensemble contre l'injustice, afin d'aider et de protéger ceux qui en ont besoin. Mais nous devons suspendre nos activités pour quelque temps. Sommes-nous en accord sur ce point ?

Le Renard croisa les bras et fixa ses hommes.

— Oui, dirent-ils, les uns après les autres, en posant une main sur leur cœur.

13

Le cortège venait d'entrer dans une zone boisée, et le vert sombre des pins contrastait avec celui plus clair des trembles.

Respirant la fraîche odeur de résine et de mousse, Eleanor fixait le dos de son mari tandis qu'elle chevauchait derrière lui.

Quelque chose n'allait pas.

Au début, elle pensait que Hugh était distrait par la tâche qui lui incombait de conduire leur cortège et de vaquer à diverses activités, de jour comme de nuit. Mais ce n'était pas cela.

Même s'il était courtois et avait veillé à son confort, ainsi qu'à celui de ses dames d'atours, il y avait en lui un changement flagrant.

Cela avait commencé la veille de leur départ, quand il n'avait pas dormi dans leur lit, ni même dans leur chambre. Sur le moment, elle n'y avait pas prêté spécialement attention. Mais au bout de trois jours et trois nuits passées sur les routes, il ne l'avait toujours pas rejointe dans sa couche.

C'était un comportement étrange, mais peut-être

voulait-il éviter de heurter sa pudeur pendant le voyage, et la laisser en compagnie des femmes.

Il y avait plus étonnant encore. Le matin du départ, il avait laissé Tallany sous le commandement d'un de ses hommes de confiance, écartant Gilbert Claymore. C'était d'autant plus choquant qu'ils n'en avaient pas discuté avant, et que Hugh l'avait fait de façon très brutale.

Que lui arrivait-il ?

Elle en venait à se demander si son mari n'avait pas découvert ses liens avec les hors-la-loi… Ou pire, qu'elle était le Renard en personne. Cependant, elle n'y croyait guère, car il n'avait porté aucune accusation de la sorte.

Cela ne répondait pas à ses questions sur le changement d'attitude de Hugh. Peut-être s'inquiétait-il de leur trop grande complicité ? Il l'avait avertie à plusieurs reprises qu'il n'éprouvait pas d'intérêt pour l'amour courtois. D'autant plus que, la seule fois auparavant où il s'était rapproché d'une femme, cela s'était mal terminé.

Maintenant qu'il avait rempli ses obligations conjugales, il n'y avait plus de raisons pour lui de passer plus de temps que nécessaire avec elle.

Elle l'aurait pourtant apprécié. Leurs moments privés lui manquaient.

Et s'il la tenait à l'écart pour inviter une autre femme à partager sa paillasse ? Cette éventualité lui déchirait le cœur, même si elle savait bien qu'il était rare qu'un mari fût énamouré de sa femme. Et d'ailleurs, leur union n'avait pas été fondée sur ces bases.

Elle talonna les flancs de son palefroi pour lui faire rattraper le destrier de Hugh, en tête de cortège.

La seule chose à faire était d'essayer de trouver ce qui chiffonnait son mari.

— Bonjour, mon époux. J'espère que vous allez bien ?

— Aussi bien que possible, répondit-il d'un ton sec, tout en gardant les yeux fixés droit devant lui.

— Pourquoi n'êtes-vous pas venu sous ma tente, la nuit dernière ?

Elle se mordilla la lèvre.

— Je me disais que… peut-être… comme nous voyageons depuis plusieurs jours…

— Que voulez-vous, au juste ?

— Eh bien, je me dis que nous serons bientôt à Milnthorpe. Nous pourrions y faire une halte de quelques heures… Cela fait bien longtemps que je n'y suis pas allée…

— Venez-en au fait.

— J'aimerais honorer la mémoire de mes défunts.

— Si vous y tenez.

— Naturellement.

— Fort bien. C'est réglé. Maintenant, excusez-moi, mais je suis occupé.

— Hugh, attendez ! Mes dames d'atours et moi aimerions faire un brin de toilette, afin d'être plus présentables.

— Nous trouverons bien une rivière en chemin.

— Merci.

— Il faut presser le pas, maintenant. Vous ralentissez le cortège et j'ai de plus quelque chose d'important à dire à Sir William, qui est parti en éclaireur.

Déjà, il s'apprêtait à lancer son cheval au galop.

Eleanor demanda vivement :

— Je ne peux pas venir avec vous ?

— Ce n'est pas nécessaire.

Elle grimaça de dépit.

— Fort bien. Mais… Quand pourrais-je vous voir ?

Hugh tourna la tête et la regarda durement.

— Vraiment, Eleanor, rien ne nous oblige à être ligotés l'un à l'autre en permanence.

Stupéfaite par la rudesse inhabituelle de son mari, Eleanor resta sans voix quelques instants.

— Je n'ai jamais dit que tel était mon souhait.

— Retournez parmi vos dames d'atours. Je n'ai pas de temps à perdre.

— Eh bien, milord, lorsque vous trouverez le temps, ne manquez pas de me le faire savoir. Je voudrais apprendre pourquoi mon mari se comporte comme un goujat.

Eleanor avait du mal à contenir sa colère, mais c'était dû à son incompréhension. Elle avait beau se creuser l'esprit, elle ne comprenait pas quelle mouche avait piqué Hugh.

— À votre place, je m'interrogerais sur mon propre comportement.

Elle écarquilla les yeux.

— Quoi ? Au nom du ciel, qu'est-ce que cela peut bien signifier ?

— Rien.

Il soupira.

— Cela ne signifie rien du tout. Veuillez m'excuser, Eleanor. Je manque de sommeil, et cela me rend irritable.

— Je comprends. Puis-je vous aider ?

— Non, dit-il, avant de s'éloigner.

Elle fit demi-tour et retourna chevaucher en compagnie de ses dames d'atours.

Elle avait vu juste, quelque chose n'allait pas. Et elle n'aurait de cesse de découvrir de quoi il retournait, dût-elle en souffrir.

Eleanor et ses dames se lavèrent et revêtirent des tenues propres avant d'arriver au ravissant mais reculé hameau de Milnthorpe.

À la chapelle St Michael, elle reçut la bénédiction d'un prêtre et se recueillit. L'odeur douceâtre de l'encens lui donnait la nausée.

Elle détestait venir ici. Cela lui rappelait la douleur et la solitude qu'elle avait endurées après que sa famille eut péri. Souvent, elle s'en était voulu d'avoir été la seule à survivre. Pourtant, sa vie n'avait pas été facile. Son unique lueur d'espoir lui avait été apportée par son mariage avec Hugh. Et celle-ci semblait s'éteindre avant même d'avoir pu briller de mille feux.

Elle se leva brusquement, dans l'espoir de mettre fin à ces tristes pensées. Mais elle trébucha et serait tombée si des mains puissantes ne l'avaient pas rattrapée.

— Vous êtes livide, Eleanor. Allez-vous bien ?

— Parfaitement bien.

Elle prit une profonde inspiration.

— Merci encore de m'avoir permis de me recueillir. Venir ici me rappelle toujours tellement ce que j'ai perdu.

— Bien sûr. Je comprends.

Eleanor se passa une main sur le front et tourna la tête.

— Venez. Vous avez besoin d'air frais.

Hugh lui prit le bras pour la guider hors de la chapelle. Puis ils empruntèrent un chemin pavé qui les mena jusqu'à un muret de pierres, en surplomb d'un vallon verdoyant où paissaient des moutons.

Inévitablement, Eleanor pensa au jour où Hugh lui avait offert son propre troupeau. Avant lui, personne n'avait fait preuve d'une telle gentillesse à son égard. Elle avait alors appris à apprécier la compagnie de son mari, à découvrir son humour... sans parler de ses baisers renversants.

Jamais elle n'aurait pu imaginer que son bonheur durerait si peu de temps, et que Hugh finirait par la rejeter.

Observant les agneaux de printemps blottis parmi les brebis, elle sentit les larmes lui monter aux yeux, qu'elle essuya d'un geste rageur de la main.

Elle détestait se trouver dans cet état, et encore plus révéler sa faiblesse à quelqu'un d'autre... surtout Hugh.

Elle n'avait pas le droit d'être vulnérable. Sa survie était à ce prix.

— Tenez, Eleanor, je pense que cela vous fera du bien.

Hugh lui tendit une gourde.

— C'est de l'eau fraîche de la rivière, ajouta-t-il.

Elle la prit aussitôt et but quelques gorgées. Puis elle le remercia et lui rendit sa gourde.

— Ce n'est pas facile de perdre quelqu'un à qui on tient, dit-elle, en le regardant avec insistance.

— Non, en effet.

Il n'y avait pas grand-chose à ajouter, et Eleanor laissa le silence s'installer. Elle comprit bien vite qu'elle avait envie d'être seule pendant un moment, pour se ressaisir et faire le tri dans ses pensées.

— Quel âge aviez-vous quand vous avez perdu votre famille ? demanda Hugh.

— Mes frères et sœurs sont tous morts de maladie lors d'un terrible hiver. Pendant quelques années, j'ai vécu avec mon père. J'avais onze ans quand il est mort à son tour.

Elle esquissa un sourire attendri.

— Je me souviens encore du son de son rire. Il était si communicatif. Et c'était l'homme le plus patient du monde. Il avait l'esprit ouvert aux nouveautés et voulait tout savoir, tout apprendre... Il exigeait la même chose de moi. Il pensait que les filles aussi avaient le droit d'être instruites.

— C'était un original, mais j'imagine aussi un homme d'honneur.

Eleanor hocha la tête.

— Assurément.

— Et votre mère ?

— Elle est morte quand j'étais toute petite, en donnant naissance à son dernier enfant. Je ne me souviens pas d'elle, hélas. Mais on m'a dit que je lui ressemblais beaucoup.

— J'en suis certain, Eleanor.

Il se dandina nerveusement d'un pied sur l'autre, avant de poursuivre :

— Ma mère a succombé dans les mêmes circonstances, mais j'étais plus âgé que vous. Encore aujourd'hui, l'odeur de la lavande et du thym me fait penser à elle. C'était une âme douce et bonne.

— Ce n'est pas facile d'être celui qui reste.

Il secoua la tête, ému.

— Non.

— C'est pour cela qu'il m'est douloureux de venir ici. Cela me rappelle trop mon deuil.

— Je comprends. C'est pourquoi il est important d'honorer nos défunts de toutes les façons possibles : en vivant sa vie avec grâce, dignité et courage...

— C'est vrai. Mais ces hautes valeurs ne sont pas toujours faciles à atteindre.

— C'est ce que vous croyez ? Pourtant, il faut toujours viser l'excellence, même si c'est difficile, et quels que soient les obstacles que la vie place en travers de notre route.

— Si cela ne vous ennuie pas, j'aimerais rester seule un moment.

— Bien sûr. Y a-t-il quelque chose d'autre que je puisse faire ?

— Merci, mais non. Vous en avez déjà assez fait.

Elle lui adressa un signe de tête.

— À plus tard, mon époux.

Hugh regarda Eleanor rejoindre sa femme de chambre et s'en aller avec elle à pas pressés. Elle était emmitouflée dans une cape toute simple, couleur bordeaux, dont la capuche était rabattue sur sa tête, et cette tenue n'était pas sans lui rappeler celle qu'elle portait quand elle était allée retrouver le Renard dans les bois.

Elle marqua un temps d'arrêt et regarda par-dessus son épaule, comme pour vérifier qu'elle n'était pas suivie.

Sa femme avait besoin d'un moment de solitude ? Vraiment ?

Hugh leur emboîta le pas jusqu'au petit village de Milnthorpe.

Il avait eu raison d'attendre au lieu d'affronter directement Eleanor et de créer un scandale.

Où allait-elle comme cela ?

Quand elle avait parlé de son deuil, il s'était demandé si son amitié avec le Renard avait commencé après la mort de son père, ou peut-être durant son turbulent mariage avec Millais. Il n'en aurait pas été davantage satisfait, mais cela aurait pu expliquer certaines choses.

Ce qu'il ne comprenait pas, en revanche, c'était qu'elle prenne autant de risques pour aller retrouver ce hors-la-loi.

Ruminant sa frustration, il la suivit jusqu'à un couvent rattaché à la maladrerie créée par feu le père d'Eleanor.

Hugh le tenait du père Thomas, qui avait vanté le travail remarquable des sœurs auprès des malades et des nécessiteux.

Eleanor et Brunhilde se présentèrent à la grille et sonnèrent la cloche. Elles furent bientôt accueillies par une nonne âgée, qui prit Eleanor dans ses bras, avant de saisir son visage à deux mains et de lui planter un baiser affectueux sur chaque joue.

Ensemble, elles entrèrent dans le jardin clos.

Hugh poussa la grille et les suivit à travers le cloître, où la lumière dansait à travers les arches de la galerie. Il les vit entrer dans une vaste salle, où une dizaine de bat-flanc installés le long des murs accueillaient des vieillards. En l'absence évidente de lits, certains avaient été installés sur des paillasses à même le sol.

L'endroit était rudimentaire mais propre, avec une grande cheminée offrant une agréable chaleur. De jeunes novices vaquaient d'un lit à l'autre, apportant les soins aux nécessiteux avec une industrieuse efficacité.

Hugh se tint à distance, tandis qu'Eleanor offrait trois bourses de cuir à la nonne âgée, en ouvrant une suffisamment grand pour qu'il puisse distinguer à l'intérieur des pièces d'argent.

Puis, à sa grande surprise, elle alla échanger quelques mots avec chacun des alités, leur tenant la main et leur tamponnant le front.

Sa compassion pour ces pauvres âmes lui noua la gorge. Il avait pensé pis que pendre de sa femme, mais il s'était trompé.

Levant la tête, Eleanor le surprit alors qu'il tentait de se dissimuler derrière une arche. Elle vint vers lui, l'air contrarié.

— Que faites-vous ici ?

— Je m'assure que vous profitez de votre solitude en toute sécurité.

Elle lui adressa un regard exaspéré.

— Ce n'était pas nécessaire. Nous ne sommes pas, comme vous l'avez dit plus tôt, « tenus d'être ligotés l'un à l'autre en permanence ».

Il retint un sourire. Cela ressemblait tellement à Eleanor de lui renvoyer au visage les mots cruels qu'il lui avait lancés.

— Vous avez raison. Je vais vous laisser.

— Non, attendez. Puisque vous êtes là, autant que vous restiez. Ainsi, vous verrez par vous-même le travail merveilleux qui est accompli ici.

— Pourquoi pas.

— Cet endroit a été fondé par mon père, en mémoire de ma mère. Il a pour but de veiller au sort des vieillards, des infirmes et des démunis.

— C'est un bel héritage, Eleanor. Vous pouvez en être fière.

— Nous avons tant à faire. Les gens arrivent de toutes parts, et parfois de fort loin. Nous ne refusons personne, mais nos moyens sont limités.

— Je comprends. Mais j'ai pu constater que vous ne manquiez pas de générosité…

Elle rougit et baissa la tête.

— Venez, je vais vous faire visiter.

— C'est très impressionnant, déclara Hugh quand ils eurent fait le tour de toutes les installations. Pourquoi ne m'avez-vous jamais parlé de cet endroit ?

Elle haussa les épaules, tandis qu'ils revenaient vers le cloître.

— Je ne savais pas si vous approuveriez.

Il plissa le front.

— Qui pourrait ne pas approuver ?

— Quand Millais a découvert l'existence de la maladrerie, il m'a interdit de poursuivre mon travail ici et a immédiatement cessé de verser la rente octroyée par mon père pour son entretien. Ce lieu est tombé en ruine pendant quelques années. Heureusement, après la mort de mon premier mari, j'ai pu reprendre l'œuvre de mon père et tout réaliser exactement comme il l'avait imaginé.

— Je vois. Et il semblerait que j'aie encore besoin de vous convaincre que je ne ressemble en rien à feu votre premier époux.

— Oh ! je le sais. Mais je n'avais pas envie de vous parler de cet endroit.

Comme de beaucoup d'autres choses...

— Eh bien, voilà qui est fait - un peu malgré vous.

— Certes...

Elle eut un sourire hésitant.

— Il est heureux que je vous aie suivie ici, n'est-ce pas ? Sinon, je ne l'aurais jamais su.

Il l'observa, guettant sa réaction.

— Je suppose... Mais je n'approuve pas pour autant que vous rôdiez dans mon dos, à espionner tout ce que je fais.

— Je n'en doute pas.

Cette remarque assénée sur un ton sarcastique, il décida de changer de sujet.

— Qu'est-ce qui vous a donné envie de poursuivre l'œuvre de votre père ?

Elle survola le jardin des yeux.

— Mon père le souhaitait, et il m'a appris à prendre au sérieux mes devoirs et responsabilités de châtelaine. Et puis, j'aime cela. J'ai l'impression d'être utile.

— Ils ont de la chance de vous avoir.

— Peut-être... Mais cela ne suffit pas. Il y a tant de gens comme eux à travers le royaume, et trop peu de nobles qui s'en soucient.

— Sauf vous, Eleanor.

— Et vous aussi, j'espère.

— Je souhaite en faire plus, et je m'en remettrai à vous, car mon expérience en ce domaine est limitée. Je ne suis après tout qu'un soldat.

— Non, vous êtes beaucoup plus que cela, murmura-t-elle.

Hugh s'efforça de ne pas se laisser attendrir.

— Je comprends vos préoccupations, et elles sont tout à votre honneur. Mais le royaume traverse une époque turbulente. Cela fait partie des raisons pour lesquelles nous nous rendons à Winchester.

— Oui, et c'est le peuple qui souffre de la discorde entre le roi et les barons. Surtout à cause des taxes punitives décrétées par la Couronne.

— Eleanor, vous ne devriez pas parler ainsi. C'est à la fois dangereux et séditieux. Et vous n'êtes pas en position de blâmer ou de juger. Vous n'avez pas idée de la complexité qu'il y a à gouverner.

— Peut-être, mais je ne suis pas aveugle à ce qui se passe.

— Je n'ai pas dit que vous l'étiez. Je dis simplement que personne n'a le droit de juger ce que fait le roi.

Elle l'observa quelques instants, d'un air songeur.

— Vous, pourtant, vous le pourriez, en tant que seigneur de Tallany.

— Qu'essayez-vous de dire ? Que je devrais trahir mon souverain ?

— Bien sûr que non. Je dis seulement que vous avez voix au chapitre. Utilisez cette prérogative pour ce qui est juste et bon.

— Vous oubliez que j'ai prêté allégeance à Sa Majesté.

Il la regarda jouer nerveusement avec la croix qui avait appartenu à sa mère, le seul bijou qu'elle portait toujours autour du cou.

— Le roi a beaucoup de chance d'avoir à ses côtés un homme aussi loyal que vous. Mais rappelez-vous ce que vous m'avez dit un peu plus tôt : nous devons vivre avec grâce, dignité et courage... Vous aviez raison en soulignant que nous pouvons toujours faire mieux. Pour moi, cela concerne le travail qui est accompli ici et à Tallany.

Elle chercha son regard et le soutint sans flancher.

— J'espère que, de votre côté, vous savez aussi en quoi cela consiste pour vous.

Eleanor commença à s'éloigner et il la rattrapa, lui saisissant le poignet pour l'obliger à se retourner vers lui.

— Oui, je le sais, dit-il entre ses dents. Pourquoi croyez-vous que je sois devenu chevalier ? Je voulais servir mon roi et mon pays.

Elle hocha la tête.

— C'est admirable, Hugh. Mais les gens ordinaires

affrontent des difficultés dont nous n'avons même pas idée.

— Vous croyez que je n'ai pas vu la misère du peuple, lorsque je voyageais à travers le royaume ? Qui plus est, nous avons tous nos difficultés.

Ils s'observèrent un long moment, avant que Hugh s'éloigne à grandes enjambées.

14

Ils avaient voyagé pendant quatorze jours et arrivaient enfin aux abords de Winchester Castle.

Avant même qu'Eleanor ne pose la question, Hugh avait proposé une halte au bord de la rivière, pour que chacun puisse se rafraîchir et reprendre une apparence convenable.

Il s'était tenu à l'écart d'Eleanor, ne cherchant pas à provoquer une nouvelle conversation, comme celle qu'ils avaient eue à Milnthorpe une semaine auparavant.

Il y avait encore tant de choses qu'il ne comprenait pas à son sujet. Tant de mystères.

Sa femme était une énigme. Chaque fois qu'il pensait au rendez-vous de celle-ci avec le Renard, la colère le submergeait. Ses pensées et sa capacité de jugement étaient perturbées par la trahison d'Eleanor.

Était-elle la paroissienne compatissante, la fille dévouée d'un père tant admiré, ou bien une traîtresse et une tentatrice ?

Peut-être un peu tout cela à la fois.

Il était déchiré entre sa colère contre elle et le désir

qu'il avait de sa présence. Mais il avait assez de discernement pour savoir qu'il ne devait révéler aucun de ses sentiments.

Pour le moment, il lui faudrait donc tempérer ses mouvements d'humeur, et même son attirance, et raisonner avec sa tête… continuer à observer, et découvrir qui était la vraie Eleanor.

Alors seulement, il saurait quelle décision prendre.

En tout cas, il l'espérait.

Eleanor passa les bras dans les emmanchures de la tunique verte que Brunhilde avait soigneusement dépoussiérée en la brossant.

Sa femme de chambre lui peigna ensuite les cheveux, y appliqua une huile parfumée dont elle seule connaissait le secret de fabrication et qui les rendait doux et brillants, avant de les natter.

D'ordinaire, ces soins délicats donnaient le sourire à Eleanor. Mais depuis dix jours, elle n'avait pas le cœur à la fête.

En dehors de quelques platitudes, elle avait à peine parlé à Hugh. Il semblait tellement… différent avec elle. Elle ne reconnaissait plus son mari, l'homme qui occupait ses pensées une trop grande partie du temps.

Mais que savait-elle des hommes ? Millais lui en avait donné une image détestable. Elle avait la certitude que Hugh n'était pas comme lui ; elle se sentait néanmoins déboussolée, abandonnée.

Cependant, elle ne devait pas perdre courage. Elle finirait par trouver ce qui n'allait pas avec lui. Alors, elle ferait tout ce qui était humainement possible pour qu'il lui revînt.

Quelques heures plus tard, le cortège arriva au château. Les chevaux furent conduits aux écuries, Hugh donna des instructions pour que les bagages soient déchargés et veilla à ce qu'Eleanor soit conduite dans une petite chambre, qu'il ne partagerait pas avec elle. Puis il s'en alla rejoindre William à la taverne la plus proche.

Il voulait se tenir à distance d'Eleanor. Même l'odeur florale qui se dégageait de sa chevelure le rendait fou. S'il passait une minute de plus avec elle aujourd'hui, sa volonté céderait.

Il trouva William en compagnie de quelques-uns de ses hommes, en train de partager des chopines de bière dans une ambiance bruyante.

D'un signe de tête, il indiqua à son ami de s'installer avec lui à une table à l'écart.

— Quelles sont les nouvelles ? demanda Hugh en tirant une chaise.

— On m'a informé que le roi est de fort mauvaise humeur.

— Ce n'est pas nouveau. Quoi d'autre ?

— Londres est aux mains des barons rebelles. La ville leur a ouvert ses portes sans résistance. Le roi vitupère tant et plus, sans vouloir reconnaître sa responsabilité dans la situation.

— Que dis-tu là ?

— Écoute, entre toi et moi, je ne suis pas insensible à leur cause. La plupart de ces barons sont d'honnêtes hommes.

Hugh plissa le front.

— Quand bien même. Où cela mènera-t-il ? Croient-ils qu'ils parviendront à faire plier Jean ? De toute façon, je ne comprends pas leur attitude. Ils lui ont tous prêté allégeance.

— Justement, ils se sentent trahis et ils estiment ne pas avoir d'autre choix. Cela explique la missive de Jean exigeant notre retour sur-le-champ.

— Il n'y a pas que cela. Les rebelles veulent lui faire signer cette Grande Charte... Naturellement, Jean s'y refuse.

— Dis-moi, est-ce cela qui t'inquiète tant ? Cela expliquerait beaucoup de choses.

— Que veux-tu dire ?

— Que tu n'es pas toi-même depuis que nous avons quitté le Nord.

Hugh se rembrunit.

— Je ne vois pas ce que tu insinues.

— Bien sûr que si, tu le sais. On en parle ?

— Non.

Will secoua la tête et souleva le pichet de bière pour remplir le gobelet de Hugh.

— Allez, dis-moi ce qui te préoccupe.

— Rien. Ma vie est extraordinaire. Je suis un petit veinard. Et je suis formidablement heureux.

Il fixa son gobelet, les lèvres serrées.

— Tu es formidablement quelque chose, c'est sûr, se moqua Will. Mais heureux ? Je ne crois pas.

— Pour une fois dans ta vie, n'insiste pas. Crois-moi quand je te dis que tu ne peux rien faire pour moi.

— C'est aussi grave que cela ?

Hugh secoua la tête et ricana.

— Ne te marie pas. Cela n'apporte que des ennuis.

— Ah… Je pensais bien que c'était en rapport avec ton héritière.

— Justement. Est-ce que j'ai demandé à être marié ? Non. Est-ce que j'en avais envie ? Non. Pourtant je suis marié avec la plus mystérieuse et la plus agaçante des femmes.

Sans parler de sa duplicité et de quantité d'autres choses.

Will le dévisagea avec un mélange de surprise et d'amusement.

— Je ne pensais pas qu'une femme pourrait ravir ton cœur de la sorte.

Hugh eut une moue dégoûtée.

— Écoute-moi bien, elle ne m'a rien ravi du tout.

— Fort bien. Alors peux-tu m'expliquer ce qui s'est passé ? D'abord, tu séduis ta lady avec un troupeau de moutons, ce qui, avouons-le, est pour le moins étrange, puis tu joues les soupirants délaissés.

Hugh plongea en avant et attrapa son ami par le devant de sa tunique, le regard mauvais.

Will le repoussa.

— Mais qu'est-ce qui te prend ? siffla ce dernier entre ses dents.

— Désolé, c'était déplacé, reconnut Hugh, avant de se prendre la tête entre les mains.

Will observa son ami avec incrédulité et soupira.

— Je ne t'avais jamais vu dans cet état à cause d'une femme. Que s'est-il passé ?

Hugh releva la tête et se massa le menton.

Après un long silence, il dit à voix basse :

— C'est Eleanor.

Sa bouche se tordit.

— C'est elle, le traître que nous cherchons.

Will écarquilla les yeux, avant de tourner la tête en tous sens pour s'assurer que personne n'écoutait leur conversation.

— Tu es sûr de cela ? demanda-t-il en se rapprochant de Hugh.

— Malheureusement, oui. Je les ai suivis, elle et son intendant, la veille de notre départ.

Il planta son regard dans celui de Will.

— Elle est allée retrouver le Renard dans les bois.

— Oh ! non !

Will prit le temps d'assimiler la nouvelle.

— Eleanor sait que tu es au courant ?

— Non. Mais tu peux me croire, ça viendra. Avant, je dois découvrir qui d'autre est impliqué, et jusqu'où cela va. Je ne peux le faire que si elle ignore que je connais son secret.

— Que vas-tu faire ?

— Je ne sais pas.

Il laissa retomber sa tête et se passa les doigts dans les cheveux.

— Je suis face à un terrible dilemme.

— C'est vrai. Mais tu dois réfléchir vite et bien.

— C'est terriblement compliqué. Je suis pris entre deux feux. Si je cache le fait qu'Eleanor est une traîtresse, je mets la vie du roi en danger. Mais si je la dénonce, je signe son arrêt de mort.

— Elle est ta femme !

— Elle est ma femme, oui, répéta Hugh en soupirant.

— Et tu l'aimes.

— Et je...

Il s'interrompit et releva brusquement la tête.

— Non ! Absolument pas.

Il se leva d'un bond.

— Même un fou verrait que tu tiens à elle, dit Will. Assieds-toi.

Hugh jeta un regard dur à son ami, puis il prit son gobelet et le fit tourner entre ses mains.

— Tu me demandes de renier mon engagement solennel envers Jean ?

— Bien sûr que non ! Mais écoute-moi, Hugh. Tu n'es plus un soldat qui suit les ordres aveuglément, comme moi, j'y suis contraint. Tu as prêté allégeance au roi, mais ton devoir t'oblige aussi à protéger tes vassaux et tes serfs, et surtout ta lady, quoi qu'elle ait pu faire.

Hugh haussa les sourcils en entendant ces mots, qui ressemblaient étrangement à ceux que lui avait dits Eleanor à Milnthorpe.

— Je sais, Will, mais sa traîtrise me heurte profondément.

— Règle cette situation toi-même, Hugh, sans en appeler à la justice royale. Mais ce n'est pas la raison pour laquelle tu te sens déchiré.

Hugh plissa le front.

— Que veux-tu dire ?

— C'est la relation d'Eleanor avec ce brigand qui te met les nerfs en pelote.

Un muscle joua dans la mâchoire de Hugh.

— Elle m'a trahi.

— Oui, il semblerait.

Will soupira.

— Parle-lui, Hugh.

— Je le ferai. Mais pas maintenant.

Il croisa le regard de Will et se força à sourire.

— Merci pour ton conseil, mon ami.
— Parle-lui, répéta ce dernier.
Hugh hocha la tête.
— À présent, enivrons-nous, décréta Will.

15

Eleanor observait avec circonspection la magnifique salle d'honneur de Winchester.

Jamais elle ne serait venue ici sans son mari. Cette cour opulente était le symbole de tout ce qu'elle détestait. Se trouver parmi toutes ces personnes qu'elle ne connaissait pas et dont elle se méfiait la mettait mal à l'aise.

D'autant que Hugh persistait à l'ignorer.

L'humeur du roi demeurait sombre et préoccupée, même si ses courtisans essayaient de le divertir. Sa Majesté ne parlait qu'à un petit cercle d'intimes, dont Balvoire, qui arborait en permanence une lippe moqueuse et arrogante.

Il émanait de cet homme quelque chose qui chiffonnait grandement Eleanor, et elle aurait aimé pouvoir se retirer dans sa chambre.

Observant les fines tranches de viande sur son tranchoir, elle eut un haut-le-cœur. L'appétit lui faisait défaut, et les mets les plus fins lui paraissaient fades, tout comme les vins les plus capiteux lui laissaient un goût d'amertume en bouche.

C'était une réaction bien compréhensible face à tout ce qu'elle avait pu observer depuis son arrivée, surtout cet étalage éhonté de richesses.

Quand elle songeait à la pauvreté qui régnait à Tallany et dans tout le royaume, elle trouvait cela choquant.

Elle n'avait qu'une hâte, retrouver ses terres du Nord, mais nul ne savait quand ils pourraient reprendre la route.

Depuis leur arrivée, Jean s'était brièvement entretenu avec Hugh. Le roi était furieux car Londres était désormais aux mains des barons rebelles.

En secret, Eleanor se réjouissait de la réussite des barons et partageait avec eux l'espoir de voir instaurée la Grande Charte des libertés.

Eleanor n'avait pas réalisé qu'elle fixait avec insistance le roi, quand celui-ci leva sa coupe d'argent vers elle, les lèvres pincées en un sourire moqueur. Aussitôt, elle inclina la tête avec déférence, et le souverain reporta son attention sur l'homme assis à côté de lui.

Eleanor relâcha son souffle et, d'une main tremblante, souleva son gobelet de vin, qu'elle porta à ses lèvres. Écœurée par l'acidité rance du breuvage, elle grimaça et chercha des yeux son mari.

Hugh discutait et échangeait des plaisanteries avec un petit groupe de courtisans, sans doute des connaissances perdues de vue depuis son mariage.

Elle l'observa entre ses cils, tandis que ses pairs lui donnaient des tapes dans le dos ou lui serraient la main. À sa grande surprise, elle vit aussi les femmes papillonner autour de son mari.

Depuis son arrivée, les dames de la cour l'avaient regardée d'un air dubitatif, comme si elle était une curiosité, et Eleanor avait fini par comprendre que c'était dû à sa différence. Sa tenue, sa coiffure, sa façon de parler étaient à mille lieues de ce qu'une héritière aurait dû être. Et le malaise qu'elle éprouvait était aggravé par l'indifférence de Hugh à son égard.

Elle remarqua une jolie jeune femme aux yeux bleu pervenche, qui se montrait particulièrement *amicale* avec son mari. Elle buvait ses paroles, lui touchait la manche, minaudait et riait aux éclats.

Ils avaient l'air de bien s'entendre... Oh certes, Hugh était indéniablement populaire.

Et, oui, Eleanor ressentait une pointe de jalousie. Une étrange sensation qu'elle n'avait jamais éprouvée auparavant.

Aussitôt, elle se reprocha ce sentiment mesquin, qui ne faisait que compliquer les choses.

Si seulement elle avait pu se trouver loin, très loin de cet horrible endroit.

Son regard se porta sur William. Il eut l'air d'hésiter entre rester où il était et venir vers elle.

Sans doute la supplique dans ses yeux l'avait-elle convaincu, car il dit quelque chose en privé à Hugh et vint s'asseoir à côté d'elle.

Il ne souriait pas à sa manière désinvolte habituelle, et Eleanor s'en inquiéta. Était-ce un effet de son imagination, ou bien William se comportait-il différemment avec elle ? Où étaient passés sa jovialité, son air primesautier ?

Ou peut-être était-ce elle qui voyait tout en noir ?

— Ma chère Lady Eleanor, passez-vous une bonne journée ?

— Oui, merci, dit-elle, sans conviction.

— J'ai cru comprendre que vous n'étiez guère à l'aise à la cour.

Elle haussa les épaules.

— Je ne connais personne ici. Je me sens un peu comme une intruse.

— Pourquoi êtes-vous venue, alors ?

— Je me le demande chaque jour.

Elle secoua la tête.

— Je pensais que c'était une bonne idée. Mais j'étais dans l'erreur.

Elle se massa le front, sentant venir un mal de tête.

William soupira.

— Si cela peut vous aider, Eleanor, je me propose de vous présenter quelques dames de la cour, avec qui vous pourriez vous entendre. Tout le monde ici n'est pas arrogant et indifférent aux autres.

— Merci, William, c'est très aimable. Mais je crois que cela relève de la responsabilité de mon mari… même s'il ne semble pas en avoir pris conscience.

Ils tournèrent la tête et virent Hugh qui parlait toujours avec la beauté aux yeux bleus.

— Vous tenez à lui, n'est-ce pas ? demanda Will d'une voix compatissante.

Eleanor était trop choquée pour répondre. Elle continua à observer son mari, le cœur serré par la tristesse.

— Je ne comprends pas ce qu'il a. Il est tellement différent de l'homme que j'ai connu à Tallany.

Will posa la main sur la sienne.

— Je ne puis le dire, Eleanor. Mais je crois que mon ami tient à vous aussi. La seule façon de sortir de cette impasse, c'est que vous vous parliez. Et le plus vite possible.

Hugh s'inclina devant la jeune femme, mettant fin à leur conversation, et vint vers Eleanor et Will.

Ce dernier se leva.

— Je vous laisse, maintenant. Mais rappelez-vous ce que j'ai dit.

Il s'inclina au-dessus de sa main.

— Tout le monde fait des erreurs, et certaines sont plus graves que d'autres. J'espère sincèrement que vous trouverez un moyen de surmonter vos difficultés.

Will croisa Hugh et lui donna une tape sur l'épaule, échangeant quelques mots avec lui, avant de poursuivre son chemin.

Hugh s'approcha et s'assit à côté d'Eleanor sans rien dire.

Quelles étaient les erreurs auxquelles William avait fait allusion ?

Comme Eleanor s'apprêtait à dire quelque chose, la beauté aux yeux bleus prit place sur un tabouret et commença à jouer du luth. Ses longs doigts élégants pinçaient les cordes avec grâce, en tirant des sons mélodieux. Quand elle s'accompagna d'une voix flûtée, la gorge d'Eleanor se noua.

Tournant la tête, elle vit que Hugh était également captivé par la musique. C'était une ode à un amour perdu, et Eleanor se sentit soudain si triste qu'elle ne put retenir les larmes qui lui montaient aux yeux.

Elle se leva précipitamment, marmonna qu'elle avait besoin de prendre l'air et traversa la salle d'honneur aussi vite qu'elle le pouvait, courant presque.

Dehors, elle inspira une grande bouffée d'air frais, détacha la guimpe sous son voile et desserra le col de sa robe.

La caresse de la brise sur sa peau lui faisait du bien, après l'atmosphère étouffante de la salle.

— Que faites-vous ? demanda dans son dos une voix qu'elle aurait reconnue entre toutes.

Elle se retourna brusquement.

— Vous me suivez à nouveau ?

— Je m'inquiète pour vous. Vous sentez-vous bien ?

— Retournez auprès de vos amis, Hugh. Je vais parfaitement bien.

— Si c'était le cas, vous ne seriez pas sortie aussi précipitamment.

— Laissez-moi, je vous prie. Je ne suis pas d'humeur à avoir de la compagnie.

Elle se mit à marcher... Dieu seul savait vers quelle destination.

Des bruits de pas dans son dos lui confirmèrent que son mari la suivait.

— Je vois cela, milady. Mais je n'en comprends pas la raison.

Elle jeta un coup d'œil agacé par-dessus son épaule.

— Peut-être n'avez-vous pas été suffisamment attentif. Il est vrai que vous étiez fort occupé ! Maintenant, je vous serais obligée de respecter mon souhait, et de me laisser.

Sans l'avoir vraiment décidé, ils longèrent la fontaine, passèrent sous les arcades qui menaient au jardin d'ornement et s'engagèrent sur un petit chemin de traverse.

— Qu'y a-t-il ? insista Hugh.

— Rien. Tout va bien.

— Vous n'avez pas l'air d'aller bien, en tout cas. Vous semblez en colère. Je trouve cela d'autant plus étonnant que ce serait plutôt à moi de l'être.

— Qu'est-ce que cela peut bien vouloir dire ? Suggérez-vous que nous devrions entrer en compétition pour savoir qui mérite le plus d'être en colère ?

— Ce n'est pas une compétition, croyez-moi.

Hugh la saisit par le coude et l'obligea à s'arrêter.

— Rentrons. Je vais vous escorter jusqu'à votre chambre.

— Ce n'est pas nécessaire.

Elle se libéra d'un geste brusque et reprit sa marche.

— Il n'est pas prudent de vous promener seule en pleine nuit.

— Je n'ai pas besoin de votre aide. Je peux veiller à ma sécurité toute seule.

— Vraiment ?

— Oui.

Elle s'empara d'un râteau abandonné par un jardinier et pivota, le brandissant à proximité du visage de Hugh.

— Voyez-vous, j'ai eu un instructeur qui m'a dit que j'avais une capacité naturelle à me défendre contre quiconque me voudrait du mal.

— Vous pensez donc que je vous veux du mal ?

— Je ne sais pas. À vous de me le dire.

Eleanor appuya le fer du râteau contre son torse, pour le faire reculer.

— Je ne sais peut-être pas jouer du luth et chanter à la perfection, comme votre ravissante et délicate amie, mais je sais me défendre.

Les lèvres de Hugh se retroussèrent en un sourire narquois.

— Seriez-vous jalouse ?

— Certainement pas !

— En êtes-vous sûre ?

Hugh attrapa la partie basse du manche du râteau, juste au-dessus du fer, et commença à tirer, attirant pas à pas Eleanor vers lui.

— Oui... Non. Je ne sais pas.

Elle secoua la tête.

— De quoi pourrais-je bien être jalouse ?

— Ce n'est pas à moi qu'il faut le demander.

Il continuait à tirer sur le râteau tandis qu'elle résistait, reculant d'un pas avant d'être à nouveau projetée en avant.

— Je n'ai pas à l'être, puisque j'ai ce que toutes les femmes semblent désirer.

— Oh ! et qu'est-ce donc ?

— Vous.

Le sourire de Hugh s'élargit tandis qu'il lâchait le râteau et attirait Eleanor dans ses bras.

Déjà, il inclinait la tête, les lèvres si proches des siennes qu'elle pouvait sentir la chaude caresse de son souffle…

Elle fit alors un grand pas en arrière et, d'un mouvement semi-circulaire, lui asséna un coup de râteau dans les jambes.

Surpris, il faillit perdre l'équilibre, titubant en arrière et moulinant des bras pour se rétablir.

— Mais, quelle mouche vous pique ? grommela-t-il.

Elle dressa fièrement le menton.

— La prochaine fois que vous voudrez conter fleurette à une femme, prenez soin de ne pas le faire en ma présence.

Eleanor abandonna le râteau dans l'allée et se mit à courir vers le château.

— Ainsi, vous étiez bien jalouse ! cria Hugh dans son dos. Et je ne contais pas fleurette à cette jeune personne.

Eleanor s'arrêta et pivota sur ses talons.

— Je ne connais peut-être pas les bonnes manières en vigueur à la cour, mais vous, Hugh de Villiers, êtes un grossier personnage ! Et d'ailleurs, vous n'avez cessé de vous comporter en goujat depuis que nous avons quitté Tallany.

— Est-ce le cas, milady ? Veuillez m'en excuser.

Elle balaya sa remarque d'un geste impatient de la main.

— Je ne comprends pas pourquoi vous avez accepté que je vous accompagne. Oh ! j'aimerais tellement être à la maison.

— Je n'en doute pas, Eleanor. Vous y avez tant de sujets d'attachement et d'occasions de vous égayer.

— Avez-vous bu, mon ami ? Je ne comprends rien à ce que vous dites. Oui, tout ce que j'aime et chéris se trouve à Tallany. C'est la terre à laquelle j'appartiens.

L'ayant rejointe, Hugh lui prit le bras.

— Avez-vous cherché à comprendre pourquoi je me suis tenu éloigné de vous ? Pourquoi je ne vous parle plus de la même façon qu'avant ?

— Éclairez-moi, milord.

— Fort bien, mais pas ici.

Il l'entraîna vers les quartiers réservés aux invités du château.

— Où m'emmenez-vous ?

— Dans votre chambre. Et vous êtes priée de donner congé à vos dames d'atours pour la nuit, car ce que j'ai à vous dire ne souffre pas d'être divulgué en public.

Eleanor regimba.

— Pourquoi ne dites-vous pas maintenant ce que vous avez sur le cœur ?

— Pas ici. On pourrait nous entendre.

Assises autour du feu et occupées à broder en attendant le retour de leur maîtresse, les dames d'atours d'Eleanor sursautèrent quand la porte des appartements privés s'ouvrit à la volée.

Eleanor adressa un sourire à Brunhilde et lui indiqua qu'elle voulait rester seule. Toutes firent la révérence et s'en allèrent.

Eleanor ôta le cercle d'argent qui retenait son voile et le posa sur la table pliante recouverte d'une nappe brodée par les soins de Brunhilde, dans des tons rouges, mauves et verts, qui étaient les couleurs du blason de Tallany.

Puis elle se campa fièrement devant Hugh, le menton levé.

— Bien. Que vouliez-vous me dire ?

— J'aurais préféré remettre à plus tard, commença-t-il d'un ton hésitant. Je ne suis sans doute pas prêt pour cette confrontation...

Eleanor essaya de contrôler le tremblement de ses doigts tandis qu'elle ôtait les épingles de ses cheveux. Les paroles de Hugh recelaient une menace qu'elle n'avait pas manqué de relever, et son cœur battait à tout rompre.

— Laissez-moi vous aider, proposa-t-il.

La voix de Hugh avait perdu toute trace d'agacement et de colère. Probablement avait-il perçu sa faiblesse tandis qu'elle dénouait ses cheveux.

Aurait-il pitié d'elle ?

— Non, merci. Je n'ai pas besoin de votre aide.

Elle glissa les doigts dans ses boucles sombres et les agita pour les faire librement cascader le long de son dos.

Ce faisant, elle serrait les dents et carrait les épaules, se préparant à ce qui allait suivre.

Elle avait toujours su qu'un homme tel que Hugh ne pourrait longtemps se contenter d'une femme si dénuée de dispositions féminines. Il était normal qu'il soit attiré par une angélique beauté aux yeux bleus, à la voix mélodieuse et aux manières parfaites.

Hugh ne l'avait épousée que par devoir, et ni elle ni lui n'avaient souhaité cette union.

Eleanor était une forte tête, avait une langue aiguisée, des opinions bien tranchées... Autant de choses que les hommes détestaient. Elle en avait toujours eu conscience, mais elle était ainsi.

Et elle n'avait pas l'intention de changer. Pour personne !

— Qu'y a-t-il ? demanda Hugh en avançant vers elle.

Elle fit un pas de côté, voulant éviter son regard inquisiteur.

— Rien. Dites ce que vous avez à dire, et partez.

Nerveusement, elle se mit à manipuler la croix de sa mère autour de son cou.

— Vous avez les larmes aux yeux, dit Hugh d'un ton incrédule.

Elle soupira.

— Vous aviez raison, Hugh, je suis en colère et contrariée.

— Pourquoi ?

— Vous avez fait en sorte que je vous apprécie, que je me soucie de vous, pour finalement me rejeter et me traiter avec un grand manque de respect.

— Je n'ai rien fait de la sorte.

Du bout du pouce, il essuya une larme qui roulait sur la joue d'Eleanor.

Elle rejeta la tête en arrière.

— Si c'était ainsi que vous vouliez que soit notre relation, pourquoi n'avez-vous pas accepté ma proposition, le soir de notre mariage ? Vous auriez pu trouver une autre femme pour combler vos besoins, tandis que j'aurais fait mine de ne rien savoir.

— Jamais je n'aurais pu faire cela !

— Mais alors, pourquoi avez-vous fait en sorte que je tienne à vous ? Pourquoi ?

— Ne pleurez pas.

Exaspérée, Eleanor leva les bras en l'air.

— Pour l'amour du ciel, je ne pleure pas.

Mais elle réalisa avec embarras que ses joues étaient humides.

Elle se retint de grommeler. Que devait-il penser d'elle ?

Alors qu'elle avait toujours su cacher ses véritables sentiments, elle se sentait totalement démunie devant Hugh. Petit à petit, il avait fait tomber toutes ses défenses.

Miséricorde, elle avait besoin de lui ! Elle avait besoin d'être dans ses bras, ne fût-ce que pour chasser cette horrible douleur dans sa poitrine.

Hugh l'observa un moment, puis il soupira et inclina la tête pour lui déposer un doux baiser sur les lèvres.

Mais ce n'était pas suffisant pour elle.

Nouant les bras autour de son cou, elle l'embrassa de tout son cœur et de toute son âme.

Hugh perdit tout contrôle en sentant la langue d'Eleanor s'insinuer dans sa bouche. Il plongea les doigts dans ses cheveux, l'attira plus étroitement contre lui et l'embrassa sans retenue, la goûtant, la dévorant.

Il la désirait tellement…

Sa décision de garder ses distances avec elle s'était évanouie quand elle lui avait révélé ce qu'elle ressentait.

« Pourquoi avez-vous fait en sorte que je tienne à vous ? »

Se souciait-elle réellement de lui ?

Eleanor représentait pour lui une énigme, et il était dans l'incapacité de répondre à sa question.

Mais il y avait cette colère, cette douleur qui faisaient étrangement écho à ses propres sentiments...

Tandis qu'il la tenait à l'écart, il n'avait cessé de l'observer et n'avait vu en elle que tristesse et solitude. Cela lui avait brisé le cœur.

C'était dans cet état d'esprit qu'il s'était précipité derrière elle, après qu'elle eut quitté la salle en trombe.

À présent, il ne ressentait plus qu'un désir si intense qu'il en devenait douloureux. Il ne pouvait penser à rien d'autre qu'à l'envie désespérée qu'il avait d'elle.

Sans interrompre leur baiser, il la souleva dans ses bras et la porta jusqu'au lit.

— Il semble que je ne puisse me passer de vous, mon épousée, murmura-t-il contre ses lèvres.

— Est-ce si tragique ?

Elle nicha le visage au creux de son cou, tandis qu'il la déposait délicatement sur le matelas.

— Oui, ça l'est. Ce n'est pas ainsi qu'un homme sain d'esprit doit agir.

— Si cela peut vous consoler, je ressens la même chose.

— J'en suis fort aise.

C'était incroyable. Complètement irréel. Agité de la tête aux pieds par des spasmes d'une violence encore jamais atteinte, perdant toute notion du temps et de l'espace, Hugh poussa un cri rauque. Longtemps, dans un état second, ses bras le soutenant à peine, il attendit que déclinent les derniers soubresauts qui agitaient son corps, fixant Eleanor sans la voir. Puis il roula sur le côté.

Il avait voulu cela, même s'il n'aurait pas dû.

Il avait eu besoin de cela, même s'il n'aurait pas dû.

Toute pensée raisonnable avait disparu au moment où il avait embrassé Eleanor, ce qui avait conduit à cette intimité.

C'était quelque chose qu'il n'aurait pas dû faire, mais il s'était laissé emporter. Il avait été tellement soulagé d'apprendre qu'Eleanor tenait à lui qu'il avait jeté la prudence par-dessus les moulins et oublié son devoir.

Eleanor représentait une tentation à laquelle il n'avait pas la force de résister. Et pourtant, son honneur l'exigeait.

Basculant les jambes sur le côté du lit, il s'assit sur le bord du matelas et se frotta les mains sur le visage.

Il n'était pas bon qu'il continuât à se tourmenter ainsi, et ce n'était pas juste pour Eleanor. Il devait lui parler et obtenir toutes les réponses aux questions qui le taraudaient concernant les hors-la-loi. Mais pas comme ça. Pas après leur étreinte.

— Hugh, que se passe-t-il ?

Eleanor se redressa dans le lit.

— Rien.

Il collecta ses vêtements, frénétiquement jetés en désordre autour du lit, et commença à se vêtir.

— Dans ce cas, pourquoi partez-vous ?

— J'ai des choses à faire, répondit-il en lui tournant le dos.

— S'il vous plaît, ne partez pas. Restez avec moi.

Il perçut la détresse dans sa voix et fit appel à toute sa détermination pour l'ignorer.

— Je ne peux pas, Eleanor.

— Quelles que soient les erreurs que vous pensez avoir commises, nous pouvons sans doute les surmonter.

Il se retourna et la dévisagea avec incrédulité.

— De quelles erreurs parlez-vous ?

Elle serra entre ses doigts la petite croix autour de son cou.

— N'en veuillez pas à Will, mais il m'en a parlé.

Hugh soupira.

— Oh ! Eleanor, vous n'avez pas compris. Il ne faisait pas allusion à mes erreurs - mais aux *vôtres*.

— Je ne comprends pas.

— Vraiment ?

Les bras croisés sur le torse, il la regarda ciller, tandis que son visage exprimait l'incompréhension.

Il laissa le silence s'éterniser, sachant que le temps était finalement venu de l'affronter, même si cela se produisait plus vite qu'il ne l'aurait voulu.

— Je sais tout, Eleanor...

Il hocha la tête, l'air sombre et compassé.

— Je sais que vous êtes le traître.

16

Les yeux écarquillés, Eleanor poussa un petit cri de surprise.

Hugh vit passer toutes sortes d'émotions dans ses yeux, tandis qu'elle finissait par comprendre le sens de ses paroles, et les conséquences qui en découlaient.

Finalement, elle recouvra sa voix.

— Comment… Comment avez-vous su ?

Au moins, elle ne cherchait pas à nier.

— Je vous ai suivie, la veille de notre départ pour Winchester.

— Suivie ? Il semble que ce soit une habitude chez vous.

— À juste titre. Et vous n'étiez pas seule. Non seulement vous trahissez le roi, mais c'est aussi le cas de votre intendant de toujours, le dévoué Gilbert Claymore.

— Non !

Elle secoua vigoureusement la tête.

— Gilbert ne faisait que son devoir envers moi. Tout comme Brunhilde.

— J'aurais dû deviner que votre femme de chambre faisait partie du complot.

— Ils n'ont rien à voir avec tout cela.

— Naturellement… D'autres personnes sont-elles impliquées ?

— Non.

— Je n'en crois rien.

Il la regarda déglutir avec peine et tourner la tête.

— Je veux des noms.

— Seulement le père Thomas.

— Le prêtre de Tallany ?

Hugh jura entre ses dents, tandis qu'il secouait la tête avec incrédulité.

Eleanor insista :

— Vous devez comprendre qu'aucun d'eux n'est impliqué comme vous le croyez. Ils sont comme ma famille, et ils ne font que m'aider.

Elle se mordit la lèvre inférieure.

— Je suis la seule responsable.

— Votre inquiétude pour eux est tout à votre honneur.

Il s'accota au mur, l'observant dans le lit, toujours nue sous les couvertures.

— Mais ne voyez-vous pas que vous avez mis Tallany en danger en vous alliant avec les hors-la-loi ? Tout ce que vous avez travaillé si dur à obtenir.

— Certains risques valent la peine d'être courus.

— À quel prix ?

Il pinça les lèvres.

— Celui de tout perdre ? Avez-vous pensé à ce qui se serait passé si vous aviez été arrêtée ?

— J'ai toujours fait en sorte que ça n'arrive pas.

— Mais le risque existait.

— Je sais. Mais parfois, dans la vie, il n'y a pas d'autre choix.

— Il y a toujours le choix, Eleanor.

Le ton de Hugh était sévère.

— Vous avez choisi d'emprunter le labyrinthe en compagnie de votre intendant. Vous avez choisi de rencontrer dans les bois ce fichu brigand, le Renard. Vous avez pris chacune de ces décisions, et c'était une erreur.

— Ce n'est pas ce que vous croyez…

— Oh ? À quel moment me suis-je trompé ?

Il ne la laissa pas répondre.

— Vous avez *menti*, Eleanor.

Il la regarda durement.

— Depuis le début, vous mentez, et vous travaillez avec les brigands contre moi.

— Cela a commencé avant que je vous connaisse !

Il ricana.

— Quelle différence cela fait-il ? Avez-vous mis un terme à vos félonies après notre mariage ?

Il secoua la tête.

— Non, bien sûr que non !

— Certaines choses sont plus importantes que vous et moi, et elles valent que tous les risques soient pris, jusqu'à la mort, s'il le faut.

— Que de belles paroles ! ironisa Hugh. En attendant, j'ai une décision à prendre.

— Laquelle ?

— Que vais-je faire de vous, Eleanor ? Je fais celui qui n'a rien vu ? Ou bien je vous livre au roi ?

Elle dressa fièrement le menton.

— Faites ce que votre conscience vous dicte.

Hugh vit que sa lèvre inférieure tremblait, ce qui lui donna aussitôt l'envie de la prendre dans ses bras.

Mais il ne pouvait pas.

Il devait résister à la tentation de la rejoindre et de se réconcilier avec elle.

— C'est ce que je ferai, milady. Dites-moi seulement s'il y a jamais eu quoi que ce soit de vrai entre nous.

Elle laissa échapper un petit cri outré.

— Hugh, comment pouvez-vous dire cela ? Surtout après ce que nous venons de partager dans ce lit ?

— Je le peux très aisément ! Après tout, vous ne désiriez pas ce mariage.

— Pas plus que vous. Mais il me semblait que les choses avaient changé depuis.

— Je le croyais aussi, mais ce n'est plus le cas.

Hugh vit les yeux d'Eleanor s'emplir de larmes, et il tiqua.

Il n'avait pas voulu en arriver là. Cette situation lui déplaisait. Il n'aimait pas lui causer de la peine. Elle en avait eu assez dans sa vie.

— Au moins, permettez-moi de m'expliquer à propos du Renard, dit-elle, d'une petite voix pitoyable.

— Je ne veux rien savoir de votre amitié avec lui.

Affichant une moue de dégoût, il serra les poings.

L'idée d'une relation entre sa femme et ce brigand, fût-elle seulement amicale, le révoltait.

— Vous ne comprenez pas...

— C'est vous qui ne comprenez pas. Moi aussi, je veux ce qu'il y a de meilleur pour Tallany, mais pas en reniant mon allégeance au roi, ni en bafouant la loi.

— C'était et c'est toujours la seule façon.

— Croyez-vous ?

Il l'observa durement.

— Vous n'avez pas idée de ce que vous avez fait. Vous m'avez blessé plus que je ne l'aurais cru possible.

Sur ces mots, il fixa son épée à sa ceinture et se dirigea vers la porte.

— Hugh ! appela-t-elle. Qu'allez-vous faire ?

Il se figea, lui tournant toujours le dos.

— Je ne sais pas. Vraiment, je ne sais pas.

17

Eleanor était assise sur un banc, dans le jardin d'herbes aromatiques situé à l'arrière du château, à proximité de l'aile réservée aux invités.

Les différentes variétés étaient astucieusement séparées par des clayettes en osier tressé, les herbes médicinales ne se mélangeant pas aux herbes culinaires.

Un peu plus loin se trouvait le jardin potager. On pouvait y accéder directement depuis les cuisines, d'où s'échappaient de délicieux fumets.

Ce n'était pas qu'Eleanor avait faim, mais elle appréciait de pouvoir observer le déroulement de la vie, dans ses occupations les plus simples. C'était comme une bouffée d'air frais au milieu de ce protocole étouffant, et un agréable dérivatif à ses tristes pensées.

Elle ne s'était toujours pas remise de ce que Hugh était au courant de ses agissements depuis un moment et n'avait rien dit.

Sottement, elle s'était consumée de jalousie à la pensée qu'une autre femme ait pu lui tourner la tête tournée. Mais ce n'était pas du tout de cela qu'il s'agissait.

Fermant les paupières, elle inspira une grande bouffée

d'air, quand soudain elle entendit des bruits de pas, suivis d'un toussotement.

Ouvrant les yeux, elle vit que Balvoire approchait sur le côté.

Que pouvait-il bien vouloir ? Cela ressemblait peu au personnage de s'aventurer dans les communs.

— Ma chère Lady Eleanor, je n'ai pas eu l'honneur de vous saluer convenablement, hier. Vous avez quitté la salle d'honneur de façon tellement inattendue.

De sa main moite, il saisit la sienne et s'inclina.

— J'espère ne pas interrompre votre rêverie, milady.

Résistant à la tentation d'essuyer sa paume sur sa jupe, elle inclina la tête et se leva, ne voulant pas rester assise tandis que l'odieux homme la dominait de toute sa hauteur.

Elle aurait voulu répondre par l'affirmative, lui dire que sa présence n'était pas la bienvenue, mais elle garda le silence, en espérant lui faire comprendre ainsi qu'elle ne souhaitait pas sa compagnie.

De façon fort agaçante, l'allusion déguisée passa au-dessus de la tête de Balvoire, et il se rapprocha, permettant à Eleanor de remarquer sa peau couperosée et boutonneuse.

— Et pourquoi donc êtes-vous seule ce matin, milady ?

— J'attends mon mari.

— J'admire votre patience, ma chère. Nul ne sait jamais à quoi s'en tenir avec ces soldats et leurs manières itinérantes. Surtout lorsqu'ils sont aussi populaires auprès des dames que l'est votre jeune époux.

Eleanor serra les dents, consciente que Balvoire cherchait à la faire réagir.

— Quoi qu'il en soit, je ne suis pas venu vous parler

de Lord Tallany. Voilà que nous causons sans rime ni raison, et j'en oublie de vous dire que Sa Majesté désire vous rencontrer.

Eleanor eut l'impression qu'un poison acide lui montait à la gorge.

— J'en suis très honorée.

— Je n'en doute pas. Et maintenant, je vous laisse. Il ne faut pas que l'on nous voie trop longtemps sans chaperon, ou bien l'on pourrait jaser.

Il rit de sa propre plaisanterie et lui adressa un sourire suffisant qui donna à Eleanor l'envie de le gifler.

— Vous avez raison, milord. La bonne journée à vous.

Elle inclina la tête et voulut se reculer, mais il l'arrêta.

— Ah, mais quel charmant pendentif, ma chère.

Il tendit la main et prit la croix de sa mère dans sa paume, effleurant de ses doigts boudinés la peau de son cou.

Seigneur, s'il persistait, elle allait le gifler pour de bon.

— Elle était à ma mère, dit-elle sèchement. Je l'ai toujours portée.

Il plissa les yeux et la regarda d'un air étrange.

— Je sais, dit-il. Au plaisir de vous revoir, milady.

Hugh arriva au moment où Balvoire s'éloignait et lui adressa un bref signe de tête en le croisant.

— Que voulait cet infâme bouc ?

— Bonjour, mon époux.

— Oui, bonjour, Eleanor. Pardonnez-moi, mais cet odieux personnage me fait sortir de mes gonds. Méfiez-vous de lui.

— Sur ce point, nous partageons la même opinion.

— Que voulait-il ?

— Rien de spécial.

— Encore des secrets, Eleanor ?

— Non. Il tentait de jouer les séducteurs, comme à son habitude, et je suis soulagée que vous soyez arrivé au bon moment.

— Je vois. Venez, marchons un peu.

Ils déambulèrent en silence pendant un moment. Nerveuse, Eleanor jetait à la dérobée des coups d'œil à son mari. Il semblait calme, mais il avait la mâchoire serrée et la démarche quelque peu saccadée.

— Nous avons une audience avec le roi, annonça-t-il enfin.

Il avait parlé d'un ton détaché, mais Eleanor perçut comme une menace.

— Il est apparemment très désireux de vous rencontrer.

Ah, on en était donc là. Hugh avait finalement pris sa décision.

Eleanor sentait son cœur battre à tout rompre, et la peur lui donnait la nausée. Mais ce n'était pas ainsi que son père lui avait appris à affronter l'adversité.

L'évocation du cher homme lui noua la gorge, mais elle se ressaisit aussitôt. Elle était issue d'une famille de la noblesse, et elle devait se comporter en digne représentante des seigneurs de Tallany !

Aussi, elle repoussa la panique qui montait en elle, redressa la tête, carra les épaules avec toute la dignité dont elle était capable et continua à marcher.

Elle savait quel sort l'attendait, mais c'était l'opinion de Hugh qui comptait le plus à ses yeux.

Elle avait voulu tout lui dire à propos du Renard, mais c'était inutile désormais. Cela n'aurait pas changé ce qu'il pensait d'elle. Ou peut-être l'aurait-il méprisée encore davantage...

Pourtant, elle n'avait agi ainsi que dans le but de rétablir la justice et la paix à Tallany, et d'aider les pauvres.

Si elle avait pu recommencer sa vie, elle aurait fait exactement la même chose... sauf faire souffrir Hugh.

Quand ils s'étaient affrontés la nuit précédente, elle s'était attendue à du sarcasme et du mépris. Mais elle avait surtout vu de la douleur.

« Vous n'avez pas idée de ce que vous avez fait. Vous m'avez blessé plus que je ne l'aurais cru possible. »

Seigneur, ces mots lui avaient percé le cœur aussi assurément qu'une flèche, lui causant une souffrance si intense qu'il lui suffisait d'y repenser pour avoir du mal à respirer.

La culpabilité et la honte qu'Eleanor ressentait à l'idée d'avoir blessé son mari l'obligeaient à examiner ses véritables sentiments pour lui.

Elle ressentait soudain un décalage entre cette façade de froideur qu'elle s'était sentie obligée d'arborer au premier jour de leur mariage et la réalité de ses émotions qui ne demandaient qu'à faire surface, à s'épanouir...

Soudain, l'évidence s'imposa avec une clarté désarmante. Oui, son cœur appartenait bel et bien à Hugh, qu'il le veuille ou non.

Déchirée, elle ferma les yeux quelques instants.

Elle, amoureuse de Hugh ?

Eleanor fouilla en elle-même, et la réalité la heurta de plein fouet.

Oui, elle aimait Hugh.

L'ironie de la situation ne lui échappait pas.

Elle aimait un homme qui allait provoquer sa chute.

Un homme qui la méprisait et la considérait probablement comme sa pire ennemie.

Elle risqua un nouveau coup d'œil vers le visage totalement impassible de son mari.

La colère lui aurait fait moins de mal que ce froid détachement. Elle en avait peur car, à chaque pas qui la rapprochait du roi, Hugh prenait ses distances avec elle, comme un prélude à ce qui allait suivre. Une fois qu'il l'aurait livrée à la justice royale, il se laverait les mains de son sort.

Si tel était son destin, elle devait l'accepter.

Hugh ne connaîtrait jamais ses véritables sentiments pour lui, pas plus qu'il ne saurait pourquoi elle avait agi comme elle l'avait fait.

Cela n'avait plus d'importance, de toute façon.

Hugh se consumait de désespoir. Il ne savait pas comment faire avec Eleanor, son enrageante, menteuse et traîtresse femme.

Marchant à ses côtés, dans un silence lourd de rancœur et d'incompréhension, tandis qu'il la conduisait vers le roi, il ne pouvait s'empêcher d'admirer la dignité de son attitude. C'était peut-être une renégate, mais elle était courageuse.

Elle tourna la tête, et leurs regards se croisèrent. Sa peau avait la couleur de la cendre. Ses yeux étaient bordés de cernes noirs. Elle semblait si abattue, si esseulée... Pourtant, elle trouva la force de lui sourire.

Que s'imaginait-elle ? Qu'il allait la livrer au roi ?

Jamais !

Eleanor était sa femme, et celle de nul autre. Il réglerait

lui-même le problème de sa trahison, mais jamais il ne la dénoncerait.

Il lui saisit le coude et la fit s'arrêter brusquement.

— Écoutez-moi bien, siffla-t-il entre ses dents. Malgré tout ce que vous avez fait, je ne permettrai pas qu'il vous arrive quoi que ce soit. Mais sachez que cela n'en restera pas là entre nous. Me comprenez-vous ?

Elle hocha la tête, tandis que ses épaules s'affaissaient de soulagement.

— Merci.

Hugh regarda sa femme, si jeune et si fragile, et il se retint à grand-peine de la prendre dans ses bras et de la réconforter.

Même s'il refusait qu'il lui arrivât quelque chose, il ne pouvait cependant oublier qu'elle s'était mal comportée envers lui.

Il avait pensé qu'ils avaient un accord, ayant trouvé un agréable mode de vie en tant que mari et femme.

Ils avaient tous les deux à cœur la prospérité de Tallany. Mais pas de cette façon ! Pas en s'acoquinant avec des brigands.

C'était pourtant sur un plan personnel que la trahison le heurtait le plus. Il avait le cœur en lambeaux et se sentait plus vulnérable que jamais.

Will avait raison. Il aimait Eleanor.

Et la confiance ? Ce ne serait jamais possible entre eux.

Pourtant, il ne pouvait empêcher ses sentiments pour elle de grandir. Il avait besoin d'elle. Il éprouvait du désir pour elle.

La veille, quand il avait vu à quel point Eleanor se consumait de jalousie, il avait cru que ses sentiments envers elle pourraient être payés de retour. Mais s'il ne doutait pas qu'elle avait fini par s'attacher à lui, il savait aussi que tout chez Eleanor était ruses et faux-semblants.

Plus il passait de temps avec elle, plus l'emprise qu'elle exerçait sur lui se resserrait.

Il devait partir. Il n'avait pas le choix. C'était la seule façon qu'il avait de protéger son cœur meurtri.

Dès qu'ils auraient regagné Tallany, il affronterait son épouse de manière dépassionnée et exigerait de savoir où se cachait le Renard.

Une fois qu'il aurait livré ce brigand et sa bande à la justice, il quitterait le domaine et demanderait au roi de lui confier autant de missions qu'il était possible.

Ce n'était qu'en se tenant loin d'elle qu'il pourrait briser le sort qu'elle lui avait jeté.

18

Les murs de pierre du cabinet privé du roi étaient ornés de somptueuses tapisseries décrivant la gloire passée des Angevins. Tout dans la pièce était soigneusement conçu pour témoigner de la grandeur et de la légitimité du souverain anglais.

Hugh y entra en compagnie d'Eleanor, qui affichait un visage impassible. Son seul signe apparent de nervosité était le léger tremblement de ses doigts posés sur le bras qu'il lui avait offert pour la guider.

Il se tenait droit, carrant les épaules et maîtrisant sa respiration, un sourire déférent accroché aux lèvres.

Les yeux globuleux du roi Jean observaient leurs moindres gestes tandis qu'ils avançaient vers l'estrade d'honneur surmontée du dais où il se tenait assis, sur un trône de bois richement sculpté.

Le souverain ne semblait pas en bonne forme. Son visage était pâle, ses joues creusées sous sa barbe rousse, ses paupières gonflées. Ses manières transpiraient l'irritation, tandis qu'il houspillait tout le monde autour de lui et tapotait du bout des doigts les accoudoirs de son trône.

Hugh tiqua en constatant que le roi était de fort méchante humeur. Les colères de ce dernier étaient légendaires, et il aurait préféré se présenter à Jean dans d'autres conditions.

L'atmosphère était sombre et pesante, tout comme dans la salle d'honneur, la veille. Et, en dehors des gardes personnels de Jean et de quelques mercenaires payés pour exécuter ses basses œuvres, il n'y avait pas grand monde, les courtisans ayant visiblement été écartés.

Hugh remarqua Will dans un coin, qui affichait un air grave. Courbé à côté du roi, Balvoire murmurait quelque chose à l'oreille de son souverain, en affichant des mines gourmandes de chat lapant une jatte de crème.

Comment ce sombre idiot avait-il réussi à se hisser jusqu'au cercle privé du roi sans que Hugh en ait connaissance ?

Jean devait se sentir en position de faiblesse face aux barons rebelles et à la pression que ces derniers exerçaient sur lui afin qu'il signât la Grande Charte. Cela aurait pu expliquer qu'il ne soit pas trop regardant sur la qualité de ses alliés…

Mais s'il était un fieffé imbécile, Balvoire n'en était pas moins dangereux, et il n'était pas bon que le roi prenne conseil auprès de lui.

Hugh comprit trop tard que ce n'était pas un endroit pour Eleanor. Il n'aurait jamais dû l'amener là. Elle était la seule femme présente, et il sentit son instinct protecteur se réveiller tandis qu'ils approchaient de l'estrade royale.

Elle plongea en une profonde et gracieuse révérence, pendant qu'il s'inclinait devant le roi.

— Ah, Hugh, nous sommes tellement satisfaits de vous avoir parmi nous, surtout avec votre délicieuse épouse. Il nous apparaît que l'antagonisme entre vous est à présent résolu.

Le roi eut un sourire entendu.

— Les unions nouvelles sont sujettes à de menues querelles ici et là.

— Sire, puis-je vous présenter Lady Eleanor de Tallany ?

Le roi se leva brusquement et descendit de l'estrade d'honneur pour venir devant eux, les yeux fixés sur Eleanor.

— Relevez-vous, ma chère. Votre roi est très heureux de vous rencontrer enfin.

Il prit Eleanor par la main, et son sourire s'élargit tandis qu'il la détaillait de la tête aux pieds.

— Voyez, mon bon Hugh, comme nous avons été généreux avec vous. Nous vous offrons cette beauté, mais nous ne recevons, hélas, rien en retour puisque vous avez échoué à nous rapporter l'argent de la Couronne.

Inclinant la tête d'un côté puis de l'autre, Jean inspectait Eleanor comme si elle était un précieux destrier.

— Ce n'est guère un échange équitable, n'est-ce pas ?

Hugh serra les poings, ravalant sa colère face aux paroles de Jean, et à la façon outrageante dont il regardait Eleanor.

— Non, Votre Majesté, dit-il, faute de trouver autre chose à répondre.

Il glissa un regard vers Balvoire, qui souriait d'un air narquois, prenant visiblement un plaisir mauvais à la situation.

Jean s'humecta les lèvres, tour en continuant à guigner Eleanor.

— Qu'advient-il donc de ces brigands qui vous ont détroussé ?

— Je suis sur le point de les attraper et de les livrer à la justice.

— La seule justice qui nous intéresse, c'est la capture du Renard. Nous voulons sa tête au bout d'une pique, entendez-vous ? Balvoire nous a fait part d'une idée ingénieuse pour y parvenir. Vous serez donc aimable de vous en remettre à lui et de suivre ses instructions.

Le roi soupira.

— Si nous avons parfois la mansuétude de fermer les yeux sur certaines querelles qui peuvent éclater ici et là sur ces terres sauvages du Nord, nous ne pouvons pas tout accepter. Il faut que nous soyons justes dans nos décisions, n'est-ce pas ?

C'était précisément ce genre d'attitude de la part de Jean qui faisait enrager les barons rebelles.

Le roi cherchait toujours à savoir qui le servirait le mieux, ne s'engageant jamais que dans de vagues promesses, et montant tel noble contre tel autre. Hugh connaissait très bien les manières d'agir de son souverain, mais il n'avait jamais imaginé qu'il en ferait un jour les frais.

En tout cas, il comprenait l'avertissement sous-jacent. Il était mis à l'épreuve, avec Balvoire à ses côtés pour surveiller ses moindres faits et gestes.

— Bien, sire, dit-il entre ses dents serrées.

— Nous comptons sur vous, Hugh, conclut le roi. Et quand vous rentrerez sur vos terres avec votre splendide épouse, rappelez-vous que tout ce que vous possédez, c'est à votre roi que vous le devez. Nous espérons que vous connaissez la valeur des trésors que nous vous avons donnés.

Le roi Jean n'avait toujours pas quitté Eleanor des yeux.

— Nous formons le vœu qu'il n'y ait plus jamais d'insurrection d'aucune sorte.

— Oui, sire.

Hugh faisait de son mieux pour dissimuler son humiliation. Il brûlait de quitter ce dangereux endroit sur-le-champ. Il devait mettre Eleanor en sécurité, très loin d'ici.

En tout cas, une chose était certaine : en dépit des sentiments contrastés qu'il éprouvait pour sa femme, jamais il ne laisserait quiconque s'en prendre à elle. Pas même le roi.

19

Après dix jours de chevauchée, Eleanor était épuisée, percluse de douleurs, et dans un état de grande fatigue émotionnelle.

Elle se sentait sans ressort, dégoûtée de tout, et n'aspirait qu'à retrouver son domaine. Il n'y avait qu'à Tallany qu'elle avait l'impression de respirer vraiment.

Durant le voyage, elle n'avait cessé de revivre ce qui s'était passé à Winchester.

Il y avait d'abord eu la terrible confrontation avec son mari, qui lui avait brisé le cœur. Puis la présentation au roi, et le comportement choquant du souverain.

La révolte des barons du Nord n'avait rien d'étonnant. Eleanor comprenait mieux maintenant leurs raisons pour vouloir contraindre le roi Jean à respecter ses promesses. C'était d'ailleurs la seule lueur d'espoir qui avait émergé de cet horrible séjour. Elle espérait, pour le bien de tous, que les rebelles obtiendraient gain de cause.

Tout ce qu'elle avait entendu dire sur le souverain avait été confirmé par l'attitude de ce dernier envers Hugh. Sa façon de le punir pour avoir échoué face au Renard et à ses hommes, en le plaçant sous la tutelle de Balvoire, était ignoble.

— Nous devrions nous arrêter un moment à la rivière, Eleanor.

La voix de Hugh s'insinua vaguement dans ses réflexions, mais, n'ayant pas écouté ce qu'il avait dit, elle ne répondit pas.

Il vint placer son cheval à côté du sien et empoigna ses rênes pour arrêter sa monture.

— Je crois que nous avons tous besoin de repos. Venez, vous devez vous étirer les jambes et vous nourrir un peu.

Il descendit de cheval et vint la soulever dans ses bras. Tandis qu'il la déposait tout doucement au sol, ils restèrent un instant face à face, les yeux dans les yeux. Mais Hugh s'empressa de tourner la tête. Il lui prit néanmoins le bras pour la guider jusqu'à la berge. Les hommes s'occupaient des chevaux, tandis que les femmes préparaient un repas composé de viande froide, de pain, de fromage et de fruits.

Eleanor s'installa sur une des nattes qui avaient été disposées par terre et refusa le gobelet de bière que lui proposait Brunhilde, préférant l'eau bien fraîche de la rivière pour se désaltérer.

Hugh prit son repas avec les hommes, tandis qu'elle grignotait une poignée de noix et de raisins secs, tout en songeant à sa relation avec lui.

Si son mari était à nouveau courtois et lui montrait de la considération, il conservait néanmoins ses distances avec elle, comme avant. Cependant, elle connaissait ses raisons, cette fois, et elle ne l'en blâmait pas.

« Vous n'avez pas idée de ce que vous avez fait. Vous m'avez blessé plus que je ne l'aurais cru possible. »

Combien de temps ces paroles la hanteraient-elles, alimentant sa culpabilité ?

Pourtant, Hugh n'avait à aucun moment révélé au roi qu'elle conspirait avec les hors-la-loi. Rien que pour cela, elle avait une dette envers lui.

Elle aurait voulu pouvoir lui expliquer tout le reste. Comment l'idée d'incarner le personnage du Renard lui était venue…

Mais c'était impossible.

La réaction de Hugh en découvrant sa trahison avait été terrible. Elle n'osait imaginer ce qu'il ferait s'il apprenait toute la vérité.

Elle restait mal à l'aise de taire un tel secret.

Cependant, cela n'avait plus grand intérêt maintenant qu'elle avait fait disparaître son alter ego. Et compte tenu de la nouvelle mission confiée à Balvoire par le roi, il était fort possible que le Renard se soit retiré de la scène pour toujours.

— Eleanor, puis-je vous parler ? Pourrions-nous marcher le long de la rivière un moment ?

Levant la tête, elle vit que Hugh se tenait devant elle et lui tendait la main.

— Bien sûr.

Ils déambulèrent un moment sur la rive, sans oser dire mot au début. Tandis qu'Eleanor s'arrêtait pour cueillir une fleur, dont elle fit ensuite tourner la tige entre ses doigts, Hugh avait croisé les mains dans son dos et l'observait.

— Vous devez être heureuse que nous soyons presque rentrés à Tallany.

— En effet.

Elle était soulagée aussi de s'éloigner du cauchemar que représentait la cour.

— Bien… Bien. Comme vous le savez, je devrai aussitôt

partir pour l'Écosse, le roi m'ayant confié une nouvelle mission.

Elle le savait, en effet, mais elle ignorait que c'était prévu si vite.

— Combien de temps serez-vous absent ?

— Je ne le sais pas encore. Mais vous aurez avec vous quelques-uns de mes meilleurs hommes, ainsi que le nouvel intendant de Tallany, Eustace Le Moyne.

Eleanor eut un pincement au cœur en songeant à la façon dont le pauvre Gilbert avait été écarté, au profit d'un homme de confiance de Hugh, et ce afin de mieux la surveiller.

Hugh s'approcha et posa les mains sur ses épaules.

— Promettez-moi quelque chose, Eleanor. Promettez-moi de ne plus vous réunir avec les hors-la-loi, de cesser de leur faire passer des informations.

— Voyons, Hugh, ce n'était pas mon intention.

— Je veux votre parole.

Elle plongea les yeux dans les siens.

— Fort bien. Vous l'avez.

— Merci.

Il relâcha doucement son souffle.

— Venez. Allons rejoindre les autres.

— Attendez ! Dites-moi pourquoi vous n'avez pas parlé au roi de mon implication.

— Je n'aurais jamais pu faire une telle chose. Il est de mon devoir de vous protéger, et il en sera toujours ainsi.

— Malgré ce que j'ai fait ?

— En dépit de tout.

— Et... vous devez vraiment partir si vite ?

— Je le dois. C'est un ordre du roi.

— Je sais. Mais est-ce... Eh bien, n'y a-t-il pas une autre raison ?

Eleanor ne savait pas ce qui lui avait pris de poser la question - d'ailleurs, avait-elle vraiment envie d'entendre la réponse de Hugh ?

— Cela pourrait nous faire du bien de passer un peu de temps loin l'un de l'autre.

Il avait raison. Cela pourrait les aider à apaiser les tensions entre eux, et à y voir plus clair dans leurs sentiments.

Le cœur lourd, elle comprit que rien ne serait plus jamais comme avant. Tout avait changé de façon irrévocable et ils ne pourraient plus revenir en arrière.

Après tout, il était logique que cela se termine de cette façon maintenant que Hugh avait découvert ses agissements.

Ils étaient chacun dans un camp différent et le seraient toujours.

Hugh persisterait à penser que les hors-la-loi n'étaient que des criminels, tandis qu'Eleanor avait la conviction qu'ils agissaient pour la bonne cause, même s'ils employaient des méthodes discutables.

Si seulement elle avait pu faire comprendre cela à Hugh...

Mais c'était vain.

Tout avait peut-être changé - mais pas cela.

20

Cela faisait un mois qu'Eleanor était rentrée à Tallany et n'avait pas vu Hugh. Mais elle avait l'impression que cela faisait beaucoup plus de temps que cela encore.

Son mari était reparti dès le lendemain de leur arrivée et, depuis, il semblait que toutes les catastrophes de la terre s'étaient abattues sur elle et ses gens.

La délinquance avait augmenté à Tallany, avec un grand nombre de pillages et des attaques de toutes sortes, en particulier à l'égard des femmes.

La bande qui perpétrait ces méfaits s'habillait de la même façon que les hommes d'Eleanor, portant même des masques et des capuchons.

Bien sûr, ils n'avaient rien à voir là-dedans. Ces individus essayaient de mettre leurs crimes sur le dos du Renard et sa troupe. Personne à Tallany ne croyait à cette ruse, mais le chaos que cela engendrait était terrible.

Le nouvel intendant et les gardes désignés par Hugh n'avaient d'ailleurs pas pu établir la culpabilité des hommes du Renard.

Mais quel but caché y avait-il à de tels actes ? Quel était l'intérêt de piéger des hors-la-loi qui étaient déjà recherchés ?

Eleanor ne comprenait pas, mais elle était certaine que Balvoire se cachait derrière tout ça. L'homme était tellement infâme qu'il était assurément capable de descendre aussi bas.

En tout cas, elle ne voyait pas comment cela aboutirait à la capture des vrais hors-la-loi, à moins que certains d'entre eux ne sortent de leur retraite pour riposter.

À cet instant, elle se trouvait dans la haute-cour, multipliant les allées et venues en attendant Gilbert Claymore.

Si seulement Hugh avait été là...

Il était toujours dans ses pensées, même après tout ce temps, et même avec toutes les difficultés qu'elle devait affronter quotidiennement depuis son départ.

Elle n'avait eu aucune nouvelle et ne savait pas quand il rentrerait. Elle avait perdu l'appétit, dormait mal, et il lui manquait terriblement.

Sa vie se déroulait devant ses yeux à une vitesse alarmante, tel un cheval fou, et elle était impuissante à l'arrêter.

Elle tourna la tête en entendant des bruits de sabots sur le pont-levis et vit Gilbert qui franchissait le portail du château.

— Milady ! cria le vieil intendant. C'est pire que ce que nous pensions.

— Que se passe-t-il ?

— C'est Balvoire. Il a capturé Anselm.

— Quoi ?

— Il l'amène pour le pendre ici, à Tallany.

Eleanor se couvrit le visage de ses mains. Pas encore ce maudit Balvoire ! Cet animal la harcelait depuis le départ de Hugh, et maintenant une pendaison !

Elle devait réfléchir, vite.

Il n'était pas question pour elle de rester sans bouger, en regardant son ami être exécuté.

La seule chose qu'elle pouvait faire était si téméraire et si dangereuse que la probabilité de réussite était minime.

Mais c'était sans importance.

Elle devait tout tenter pour sauver Anselm.

Pour commencer, il lui faudrait faire parvenir des messages secrets à la bande du Renard...

— Venez, Gilbert. Il y a fort à faire.

Hugh revenait d'Écosse avec Will et une grande partie de ses hommes. La chevauchée durait depuis déjà deux semaines.

La mission auprès du roi Alexandre II, récemment couronné, avait été riche en enseignements.

Si le roi Jean voulait asseoir durablement la paix, il serait bien avisé d'organiser un mariage entre sa fille aînée, Jeanne, et le roi d'Écosse.

En attendant, le roi d'Angleterre ne devait pas attendre trop d'assistance de son voisin, qui préférait conserver sa neutralité dans le conflit entre Jean et les barons du Nord.

Cela faisait longtemps que Hugh était loin de Tallany et d'Eleanor.

Même si cette séparation ne dépendait pas de sa volonté, il avait espéré que celle-ci lui permettrait de ne plus penser à elle, et de dissoudre l'emprise qu'elle avait sur lui.

Mais c'était tout le contraire qui s'était produit.

La distance n'avait fait qu'exacerber le manque qu'il avait d'elle.

Hugh tourna la tête vers Will, qui chevauchait à côté de lui sur son splendide destrier gris pommelé.

— Nous sommes presque arrivés à la maison, dit-il, tandis qu'ils atteignaient la vallée familière précédant les frontières du domaine.

Il fut surpris par ses propres mots. Depuis combien de temps pensait-il à Tallany comme à sa maison ?

— Dieu soit loué ! rétorqua Will. Tu cavales comme le vent, à essayer de rentrer un peu plus tôt. Ce n'est pas une mince affaire que de te suivre.

Avant même d'avoir fini de traverser la vallée, Hugh comprit que quelque chose n'allait pas.

Des poches de fumée ponctuaient le paysage - sans doute le résultat d'un incendie. Mais que s'était-il passé ici ?

Et surtout, où était Eleanor ?

Il espérait de tout son cœur qu'elle était saine et sauve.

Hugh fit un signe à Will et ils traversèrent la lande au galop, atteignant bien vite Ulnaby. Avaient-ils été attaqués ? Ou bien s'agissait-il d'un accident ?

Hugh était malade de frustration et de colère quand il entra dans le cœur du hameau, totalement dévasté.

Un groupe de paysans se serraient les uns contre les autres, au milieu des ruines fumantes et des carcasses d'animaux. Parmi eux, Hugh reconnut la vieille femme qu'Eleanor lui avait présentée.

— Milord, vous êtes revenu ! s'écria-t-elle, tandis qu'il sautait prestement de son cheval.

— Que s'est-il passé, Aedith ?

— Je ne sais pas. En fait, tout a commencé quand vous êtes parti.

— De quoi parlez-vous ?

— Les vols, les agressions, et toutes sortes de mauvaisetés, milord.

Hugh jura entre ses dents.

— Dites-moi en quoi nous pouvons vous aider.

La surprise écarquilla les yeux de la vieille femme.

— Dieu vous bénisse, milord. Beaucoup d'enfants ont été séparés de leur famille, et certains n'ont pas mangé depuis plusieurs jours.

— Nous allons vous donner ce qu'il reste de nos provisions, ainsi que des couvertures. Et je vous jure que je vais trouver les coupables. Ils seront jugés, et votre village sera reconstruit.

— Grand merci à vous, milord.

— Avez-vous une idée de qui a fait cela ?

— Personne du coin, si c'est ce que vous pensez. Et je me moque bien de ce que racontent certains. Ce n'est pas le Renard. Jamais il n'aurait fait ça.

— Qui, alors ?

Personne ne dit rien, mais tout le monde échangeait des regards inquiets.

Un jeune homme finit par prendre la parole :

— Pas moyen d'être sûr, milord...

— Eh bien, moi si, j'en suis sûre ! trancha Aedith.

Le jeune homme secoua la tête, en la regardant d'un drôle d'air, mais elle ne s'en soucia aucunement.

— Je suis vieille, et je me moque de ce qui peut m'arriver. Je dirai ce qui me plaît !

Après avoir tancé du regard le jeune homme, elle se tourna vers Hugh.

— J'ai vu un des hommes de Lord Balvoire. C'est lui qui est derrière tout ça.

— C'est une grave accusation.

— Je sais ce que j'ai vu. Je l'ai aperçu quelques fois au village, tout fringant, portant les couleurs de Lord Balvoire et jouant les jolis cœurs. Je n'oublie jamais un visage. Je l'ai reconnu plus tard, alors qu'il s'était déguisé comme un des hommes du Renard.

Hugh grinça des dents.

— Merci de me l'avoir dit, Aedith. Et sachez que vous êtes tous sous ma protection, désormais.

Hugh se tourna, pensif. Il n'avait aucun mal à croire l'affirmation de la vieille femme. Balvoire était dangereux, capable de tout, et il s'emparerait coûte que coûte de ce qu'il convoitait.

Ce qu'il voulait, c'était les vastes terres de Tallany qui bordaient les siennes.

Malgré tout, songea Hugh, il allait falloir prendre toute cette affaire avec des pincettes, tant les pièges qu'elle recelait étaient nombreux. Et il n'avait aucune envie d'y sombrer.

Il regarda une dernière fois les visages pitoyables des personnes rassemblées autour de lui.

— Voici autre chose...

Il se tourna pour attraper dans ses sacoches de selle une lourde bourse en cuir et la donna à Aedith.

— C'est tout ce que je peux faire pour le moment.

La vieille femme observa avec stupéfaction la généreuse donation.

— Je ne savais pas quoi penser de vous, avec vos belles manières, et du fait que vous venez du Sud... Je me demandais si vous étiez assez bien pour Lady Eleanor. Mais vous n'êtes pas mal. Pas mal du tout.

Hugh esquissa un sourire.

— Je suis heureux d'avoir votre approbation.

— Encore une chose, milord. Anselm, de la bande du Renard, a été capturé et va être pendu à Tallany Castle.

Hugh échangea un regard avec Will.

— Vous savez qui a capturé le hors-la-loi ?

— Balvoire. Encore lui.

— Encore lui, en effet !

Hugh et ses hommes quittèrent Ulnaby à la hâte et coupèrent par la forêt pour rejoindre au plus vite le château. Sa colère n'avait plus de limite. Maudit Balvoire ! Mais il était vrai que le roi lui avait donné tout pouvoir pour exercer sa vilenie.

Ils atteignirent la motte féodale et alignèrent leurs montures devant, formant une impressionnante cohorte.

À l'extérieur du mur d'enceinte, une estrade surmontée d'un dais avait été installée. Edmund Balvoire y était assis, avec son arrogance coutumière, entouré par une poignée de ses hommes.

Un peu à l'écart se tenaient les hommes de Tallany, le nouvel intendant et l'ancien, et les chevaliers que Hugh avait laissés sur place.

Son regard se posa sur le prêtre de Tallany, le père Thomas, qui se tenait à l'avant, avec quatre gardes qui entouraient le prisonnier.

Tous s'étaient figés, surpris par leur arrivée.

— Quelqu'un peut-il me dire ce qu'il se passe ici ? demanda Hugh.

Balvoire se leva et tendit les bras.

— Ah, milord, vous arrivez juste à temps pour assister à l'exécution d'un hors-la-loi. Et pas n'importe lequel, puisqu'il s'agit du bras droit du Renard, un dénommé Anselm.

Hugh regarda le gibet, construit en son absence, et

entouré par une foule de villageois. Puis il s'adressa à l'ancien intendant.

— Tout le monde est-il sauf, Claymore, après ces récents désastres dont je viens d'être informé ?

— Oui, milord. Une missive vous a été envoyée pour vous informer des troubles.

— Je n'ai rien reçu de tel. Et ma femme ? Comment va-t-elle ?

Cela faisait tant de temps qu'ils avaient pris congé, et Hugh s'impatientait de la revoir.

— Fort bien, milord. Milady est à l'intérieur du château, et elle sera ravie de votre retour inattendu.

— Il est fort dommage que Lady Eleanor ne veuille pas nous honorer de sa présence, dit Balvoire. Surtout pour une pendaison de cette importance. Enfin, peu importe maintenant, puisque vous êtes là.

Hugh le toisa sévèrement.

— Pouvez-vous m'expliquer de quel droit vous envahissez ainsi mon domaine et y prenez vos aises comme si vous y étiez chez vous ?

— Je me conduis simplement en bon voisin, mon jeune lord, rétorqua Balvoire avec morgue. Et puis, vous vous rappelez sans doute que Sa Majesté nous a demandé de travailler de concert.

Serrant les dents, Hugh s'efforça de contenir sa rage.

— Pas de cette façon. Je vous sais gré de votre assistance, pendant que j'étais au service du roi en terre d'Écosse. Mais en tant que seigneur de Tallany, les questions de justice sont de mon ressort, pas du vôtre.

— Oh ! vous pouvez vous gargariser tant qu'il vous plaira de votre titre, mais permettez-moi d'exprimer mon désaccord. Cette affaire nous concerne tous.

Hugh descendit de cheval et marcha jusqu'à l'estrade.

Bouillonnant intérieurement, il prit néanmoins le temps de monter les marches une à une, avec toutes les apparences du calme.

— Une fois encore, vous outrepassez vos prérogatives, Balvoire. Je ne le tolérerai pas une fois de plus.

— Vous avez beaucoup à apprendre, Hugh de Villiers, répliqua l'homme en ricanant.

— Pas venant de vous.

Hugh tourna la tête vers Eustace Le Moyne, le nouvel intendant.

— Escortez Lord Balvoire et ses hommes hors du domaine de Tallany.

— Oui, milord.

La mine courroucée, Edmund Balvoire s'apprêtait à descendre de l'estrade, quand soudain des dizaines de flèches s'abattirent autour d'eux, frappant divers objets ici et là.

Étonnamment, elles ne touchèrent personne, mais la situation suffit à engendrer le chaos et tout le monde se dispersa.

Anselm en profita pour libérer ses mains de la corde qui les entravait et décocha un bon crochet du droit au garde à côté de lui. Puis il détala vers les bois, sans qu'aucun des villageois cherchât à l'arrêter.

Et tout cela se produisit en l'espace de quelques instants à peine.

Hugh se tourna vers Will.

— Prends quelques hommes et rattrapez-le. Mais je ne veux aucun blessé, tu m'entends ?

Il tourna la tête et observa attentivement les parages.

Les flèches étaient venues de toutes parts, mais il

soupçonnait que seule une poignée d'archers étaient à l'origine de ce déluge de projectiles.

Il y en avait un parmi eux qui sortait du lot. Quelqu'un qui tirait selon des angles bien particuliers, et avec une vitesse exceptionnelle.

Hugh savait qu'il ne pouvait s'agir que d'un seul homme.

Le Renard.

Cette fois, il l'aurait.

21

Tout était arrivé tellement vite.

Eleanor avait trouvé refuge dans un vieux chêne qui dominait le bois, choisi pour sa position stratégique. Sa dense frondaison lui offrait aussi une cachette idéale.

Retenant son souffle, elle avait noué autour de son visage le masque du Renard, en espérant que tous ses hommes étaient bien en position pour jouer leur rôle dans la libération d'Anselm.

Un dénouement qui n'était pas assuré.

Elle avait observé de loin tandis que leur ami était conduit au gibet, assisté par le père Thomas qui était chargé de lui glisser une courte lame entre les doigts tandis qu'il lui administrait les derniers sacrements.

Il restait à espérer qu'Anselm aurait suffisamment de temps pour se libérer.

Quelques-uns des hommes du Renard avaient pris position dans les arbres entourant la zone, tandis que d'autres se mêlaient à la foule, dont les yeux étaient braqués sur le prisonnier.

Toute l'attention d'Eleanor était concentrée sur Anselm, mais des bruits de sabots avaient fini par lui faire tourner la tête.

Elle avait cru que sa respiration s'arrêtait.

Hugh ? Se pouvait-il que ce fût lui ?

Oui, c'était bien son mari, qui rentrait sain et sauf à Tallany !

La joie avait fait battre son cœur plus vite.

Enfin, il était de retour.

Elle avait eu envie de sauter de l'arbre, et de courir se réfugier dans ses bras.

Mais non, ce n'était pas possible. Elle avait une mission à mener à bien.

Et elle allait mettre à profit l'intervention de Hugh, sachant que cela lui fournirait un peu plus de temps pour exécuter son plan.

Tenant fermement son arc, elle avait adopté la position la plus confortable et la plus stable dans l'arbre, consciente qu'il lui faudrait frapper avec la précision la plus absolue.

Les voix qui montaient du sol étaient étouffées par les battements sourds de son cœur. Son front s'était couvert d'une fine couche de transpiration, mais elle n'avait pas le temps de l'essuyer.

Elle avait attendu d'être assurée, par un de ses hommes en position, qu'Anselm avait réussi à couper la corde qui lui entravait les mains.

Son rôle à elle consisterait à causer le plus de chaos possible, afin de faciliter la fuite de leur compagnon.

Ses hommes se servaient de fragments de métal poli qu'ils faisaient luire au soleil, afin de communiquer silencieusement, selon un rituel bien précis.

Lorsqu'elle vit l'éclat de lumière, Eleanor sut qu'il était temps de passer à l'action.

Elle se mit alors à tirer, flèche après flèche, avec rapidité et précision. Deux de ses hommes faisaient de même, ajoutant à la confusion.

Elle savait que les villageois étaient disposés à faciliter la fuite du prisonnier, et même les gardes de Tallany semblaient montrer une certaine réticence à le capturer de nouveau.

Seuls Hugh et ses hommes s'étaient lancés dans la poursuite. Anselm avait déjà eu le temps d'atteindre les bois, qu'il connaissait comme sa poche, et Eleanor avait bon espoir qu'il s'en sortirait sain et sauf.

Mais tout n'était pas encore terminé, et il était temps pour elle de regagner ses pénates.

Hugh courut dans la direction d'où le plus grand nombre de flèches avaient été tirées.

Il repéra un arbre qui lui paraissait le plus à même d'avoir abrité le brigand et leva la tête pour observer son feuillage.

L'oiseau avait déjà quitté le nid.

À moins que...

Il tendit l'oreille, regarda attentivement autour de lui et vit une silhouette se balancer d'arbre en arbre à l'aide de cordes.

Le Renard !

Cela ne pouvait être que lui.

Hugh se déplaça à pied et découvrit le palefroi gris d'Eleanor au pied d'un chêne. L'animal n'était pas attaché et semblait attendre patiemment sa cavalière.

Elle devait être dans les parages, à guetter l'arrivée de son ami. Mais il n'y avait trace ni d'elle ni du Renard.

Hugh grommela de frustration.

Le brigand ne pouvait pas s'être volatilisé une fois de plus. Surtout sans cheval.

Où avait-il bien pu passer ?

Hugh balayait les lieux du regard, lorsque quelque chose - ou plutôt quelqu'un - se décrocha d'un arbre et tomba sur la selle du cheval.

Hugh ouvrit de grands yeux en découvrant qu'il s'agissait du Renard en personne.

— Grand merci, milord, d'avoir tenu compagnie à mon cheval.

Déjà, le brigand saisissait les rênes et faisait volte-face avec son cheval pour prendre la fuite.

Mais cette fois, Hugh fut plus rapide et parvint à se jeter en travers de la selle, derrière le Renard.

Le brigand talonna sa monture et prit de la vitesse, zigzaguant dangereusement à travers la forêt.

— Ralentissez, mon garçon ! C'est dangereux.

Toujours en travers de la selle, Hugh était ballotté en tous sens et parvenait à peine à conserver son équilibre.

— Non !

Le Renard filait comme le vent, connaissant évidemment le terrain comme sa poche, guidant sa monture de main de maître, se baissant pour éviter une branche, faisant un écart pour contourner un obstacle...

Mais Hugh aussi avait appris à connaître tous les recoins du domaine. Il avait compris qu'ils se dirigeaient droit vers la hutte où Eleanor et Claymore s'étaient rendus la nuit où il les avait suivis.

Bientôt, ils arrivèrent aux abords du marécage, et le Renard dut ralentir, guidant sa monture avec précision sur le terrain boueux.

C'était l'occasion que Hugh attendait pour passer à l'action.

Passant en position assise, il s'empara d'un court poignard glissé à l'arrière de la ceinture du brigand. En un éclair, il enroula un bras autour de la taille de ce dernier et pressa la pointe de la lame contre son cou.

— Arrêtez-vous, maintenant. Sinon...

— Sinon quoi, milord ?

La voix du Renard était différente... *féminine ?*

Et, chose étonnante, elle ressemblait furieusement à celle d'Eleanor.

Mais cela ne se pouvait pas ! Ses oreilles lui jouaient des tours.

— C'est moi, Hugh.

— Eleanor ? C'est impossible.

— Je crains bien que si.

— Je... Je n'y crois pas. C'est encore une ruse. Vous avez pris son apparence pour...

Le Renard, ou plutôt Eleanor, soupira.

— Non, je suis vraiment le Renard.

— Mais comment... ?

— Je vais tout vous expliquer.

22

Campé au milieu de la modeste hutte, les bras croisés, Hugh ne quittait pas Eleanor des yeux.

— Je trouve tout ceci bien difficile à croire, dit-il.

— Je sais.

— Vous… vous êtes et avez toujours été le Renard ? Pendant tout ce temps ?

— J'ai conscience que ce n'est pas ainsi qu'une lady devrait se comporter.

— Nous sommes bien d'accord.

— Justement, personne ne voudrait jamais le croire. Personne n'imaginerait qu'une femme en serait capable. En réalité, les gens ne voient que ce qu'ils veulent bien voir.

— C'est de cela qu'il retourne. Vous voulez démontrer qu'une femme peut être l'égale d'un homme ?

— Non, pas du tout. Je sais très bien que je ne suis pas normale. Sans doute aurais-je dû naître garçon. À moins que l'éducation que m'a donnée mon père n'ait modifié ma nature.

— Vous m'avez toujours semblé très normale, Eleanor. Mais là n'est pas le problème. Ce qui me contrarie, c'est que vous m'ayez menti.

— Je sais, mais je ne l'ai jamais fait intentionnellement. Je voulais vous le dire, mais...

— Vous ne l'avez pas fait !

Plissant les paupières, il la toisa sévèrement.

— J'ai essayé.

— Oh ! vraiment ?

Il inclina la tête, narquois.

— Et quand donc, milady ?

— À Winchester.

Elle n'avait pas tort. Pendant leur dispute, il n'avait pas voulu écouter un mot de ce qu'elle avait à dire à propos du Renard. Mais il était alors à mille lieues de concevoir une telle histoire !

Il aurait fallu une folle imagination pour envisager que sa propre femme et le brigand qu'il traquait depuis tout ce temps n'étaient qu'une seule et même personne.

Quel idiot il avait été !

— Je ferais bien de changer de tenue.

— Vous conservez votre déguisement ici ?

— Oui.

Elle se dirigea vers un coffre et en sortit une tenue grise toute simple comme en portaient les paysannes, et qu'Eleanor n'hésitait pas à revêtir quand elle travaillait aux champs en compagnie de ses serfs.

— Vous m'aviez donné votre parole que vous n'auriez plus de contact avec les hors-la-loi.

— Je ne pouvais pas laisser pendre un innocent sans rien faire !

— Admirable sentiment, ma chère, mais Anselm est loin d'être innocent. C'est un brigand.

— Nous n'avons jamais été des brigands comme les autres, rétorqua Eleanor en achevant de s'habiller.

— Vous me surprenez. Mais dites-moi une chose. Êtes-vous une épouse qui prétend être un brigand, ou un brigand qui prétend être une épouse ?

Le front d'Eleanor se plissa tandis qu'elle réfléchissait à sa réponse.

— Cela fait-il une différence ?

— Oh oui, Eleanor ! Car une de ces deux hypothèses suggère que le Renard n'est pas réel. Tandis que l'autre laisse entendre que tout ce que nous avons partagé n'a jamais existé.

— Dans ce cas, je dirais : ni l'un ni l'autre. Je suis à la fois Lady Eleanor de Tallany *et* le Renard.

Hugh secoua la tête.

— C'est tellement dangereux et irresponsable de votre part. Pourquoi avoir pris tous ces risques ?

— Je l'ai fait pour survivre.

— Au début, peut-être. Mais pourquoi continuer aujourd'hui ?

Elle prit une profonde inspiration et planta son regard au fond du sien.

— Tout a commencé il y a bien longtemps, quand j'étais une petite fille. Mes intérêts, comme vous pouvez le deviner, n'étaient pas ceux des autres fillettes. Mon père m'a entraînée à l'art du combat. En secret, bien sûr. Il me permettait même de m'habiller en jeune écuyer.

— Votre père vous encourageait à passer pour un garçon ?

— Il l'a fait parce que j'étais sa seule héritière, et parce que j'insistais. Il a pu constater que j'étais une apprentie douée.

— Ça, je veux bien le croire.

Il esquissa un sourire, qu'elle lui rendit avec un rien d'hésitation.

— Ce n'est que bien plus tard que j'ai pu mettre en pratique l'enseignement de mon père, reprit-elle.

— Après la mort de Millais ?

— Oui. Il avait administré le domaine de façon cruelle, plongeant les serfs dans la misère la plus totale. Il me fallait leur venir en aide. En tant que châtelaine, mes pouvoirs étaient limités, étant donné que je devais me soumettre aux exigences du roi et veiller à honorer les prélèvements de taxes. Un homme, en revanche, pouvait faire ce qu'il voulait... Avec l'aide de Gilbert, et la bénédiction du père Thomas, j'ai réuni un groupe d'hommes qui partageaient mes idées et voulaient aider à rétablir la justice en venant en aide aux nécessiteux.

— Vous voulez dire que tous ces hommes savaient et ont accepté d'être commandés par une femme ?

— Non, personne n'était au courant, sauf Gilbert et le père Thomas. Ainsi que Brunhilde.

— La sainte Trinité, marmonna Hugh en secouant la tête avec incrédulité. Et personne n'a trouvé à redire à cette folie ?

— Il fallait faire quelque chose, Hugh. Les gens avaient faim, et nous ne cessions de fournir des coffres emplis de pièces au roi. Tout cela pour qu'il puisse mener ses guerres désastreuses.

Elle marqua une pause, et son regard se perdit au loin, tandis que les souvenirs refaisaient surface.

— Une nuit, j'ai vu les soldats du roi se moquer des serfs tandis qu'ils chargeaient leurs chariots de caisses d'argent. L'un d'eux a battu une jouvencelle qui se refusait à lui. Quelque chose s'est déclenché en moi à ce moment-là. Le Renard était né.

Hugh s'avança et posa les mains sur ses épaules.

— Votre courage me stupéfie. Quand je pense à la façon dont bien d'autres auraient réagi dans une situation similaire...

Il secoua la tête.

— Eleanor, vous auriez pu être *tuée*.

— Nous n'avons jamais été pris, parce que nous étions très prudents. Nous n'arraisonnions pas tous les convois d'argent qui partaient pour le Sud. Parfois aussi, nous rapportions aux barons rebelles la collecte de leurs taxes, ce qui nous assurait une certaine protection.

— J'aurais dû deviner que c'était vous. Vos talents de cavalière, votre sens de la stratégie aux échecs, votre habileté à l'escrime... Tout était là, devant mes yeux.

— Personne ne s'est jamais douté que j'étais le Renard, parce que, dans l'esprit de tous, il est impossible qu'une femme puisse agir ainsi. Mais vous... Tôt ou tard, je savais que vous finiriez par le comprendre.

Elle laissa passer un silence, se mordillant la lèvre inférieure.

— Qu'allez-vous faire ?

— Je n'en sais rien...

Il réfléchit, se massant le front.

— Tout ce que vous m'avez dit semble raisonnable, admirable même. Mais vous n'avez pas seulement aidé des hors-la-loi. Vous en êtes une aussi. Et pas n'importe laquelle. Vous êtes leur chef. Le fameux Renard que tout le monde recherche.

— Je suis désolée, Hugh, mais c'est la seule façon que j'ai trouvée de faire mon devoir.

Elle se tordit les doigts.

— Vous devez comprendre que mon mariage m'avait brisée. Du temps de Millais, je n'avais pas voix au chapitre. J'assistais impuissante aux mauvais traitements qu'il infligeait à mes gens. J'étais moi-même maltraitée, et dans une situation désespérée. Quand il est mort, j'ai déployé toutes mes forces pour aider les villageois. Et je ne pouvais le faire qu'en étant le Renard.

— Je peux vous assurer que plus personne ne vous fera jamais de mal.

Tendrement, il lui caressa la joue.

— Vous êtes tellement courageuse. Vous savez, il n'aurait jamais pu vous briser totalement.

Lui passant un bras autour de la taille, il l'attira contre lui.

— Malgré ce qu'il essayait de vous faire croire, vous étiez plus forte que lui. Votre esprit était plus vif. Votre cœur plus vaillant.

Eleanor rejeta la tête en arrière et lui sourit tendrement.

— Tout a changé quand je vous ai épousé.

— Comment cela ?

— Je...

Elle avala sa salive, et il vit combien elle était émue.

— Je n'avais jamais rencontré quelqu'un comme vous avant.

— C'est également vrai pour moi, ma douce.

— Et c'est pour cette raison que...

Eleanor reprit son souffle en tremblant et croisa son regard.

— Je suis tombée amoureuse de vous. Je ne pensais pas que cela pouvait m'arriver, mais c'est pourtant le cas.

Si la découverte d'Eleanor sous le déguisement du Renard avait médusé Hugh, il resta cette fois sans voix.

Il ne pouvait plus respirer, ne pouvait plus faire un geste. Son cœur lui-même semblait s'être arrêté de battre.

Et pourtant, il lui fallait dire quelque chose.

Lui aussi était amoureux d'Eleanor.

Oh que oui !

Et ce sentiment d'amour était là depuis fort longtemps, niché au plus profond de son cœur.

C'était pour cette raison qu'il avait tant souffert quand il avait découvert sa trahison. Ce pour quoi il avait besoin de passer du temps loin d'elle. Et cela expliquait aussi son impatience à rentrer à Tallany.

À la maison.

Oui, aucun doute, il l'aimait. Avec son cœur, son corps et son âme.

Et il devait le lui dire.

Il ouvrit la bouche, mais Eleanor secoua la tête et posa les doigts sur ses lèvres.

— Non, s'il vous plaît, ne dites rien, Hugh. Pensez à ce que je vous ai dit, et soyez assuré que tout est vrai.

Elle lui tendit le masque façonné en forme de tête de renard et le mantelet bordé de fourrure.

— Où allez-vous ?

Il avait enfin retrouvé sa voix, mais ce n'était pas pour prononcer les mots qu'il aurait voulu dire. Eleanor les entendrait plus tard, quand elle serait prête.

— Au château, répondit-elle.

— Attendez ! Je vais vous accompagner. Ce n'est pas sûr.

Elle lui caressa la joue en souriant.

— Je connais ces bois comme ma poche. Ne vous inquiétez pas pour moi, mon époux.

Puis, après un signe de tête, elle s'en alla, le laissant seul avec ses pensées, dans cette hutte où il l'avait suivie cette fameuse nuit.

Dire qu'il s'était rendu malade de jalousie en imaginant sa femme dans les bras du Renard !

Riant de sa bêtise, il secoua la tête.

Quel fou il avait été !

Il n'avait pas pu s'empêcher de voir une similitude entre Eleanor et Anaïs Courville. Mais sa femme ne ressemblait en rien à son ancienne promise. Elle était honnête, loyale et avait bon cœur. Si elle était devenue le Renard, ce n'était pas par choix, mais par obligation. Pour survivre. Pour guérir des blessures du passé. Et pour protéger les habitants de Tallany.

Eleanor était incroyablement courageuse et prenait des décisions qui auraient fait trembler certains hommes. En fait, elle avait toutes les qualités des meilleurs chevaliers...

Oh oui, il l'aimait !

Observant le masque et la cape du Renard qu'il tenait toujours entre ses mains, il prit une grande décision.

Lui aussi allait révéler son secret à Eleanor.

Chargé des oripeaux du Renard, ainsi que de son carquois et de son arc, Hugh quitta la hutte et s'engagea sur le chemin qui serpentait jusqu'au château.

Il les ferait porter au roi, comme preuve que le Renard avait cessé d'exister, en espérant que cela suffirait à calmer Jean. Cela pourrait fonctionner si Eleanor promettait de mettre un terme aux activités des brigands et, avec le temps, tout cela s'effacerait...

Des bruits étouffés le sortirent soudain de sa réflexion. Aussitôt, tous ses sens furent en alerte.

Cela ressemblait aux hennissements d'un cheval, aux

aboiements d'un chien... Une chasse serait-elle en cours sur les terres du domaine ?

Il se dissimula derrière un tronc d'arbre et vit des silhouettes détaler sur sa gauche.

Convaincu à présent que quelque chose ne tournait pas rond, il se précipita vers la clairière.

Le palefroi d'Eleanor était attaché à un arbre, *en compagnie d'un autre cheval.*

Une silhouette d'homme était étendue au sol, le visage dans la terre battue. Un chien de chasse tournait autour de lui en aboyant furieusement.

Hugh s'approcha, en prononçant des paroles d'apaisement pour amadouer le chien. Puis il s'agenouilla auprès de l'homme et vit qu'il avait une plaie sanglante derrière la tête.

Il le retourna avec précaution et reconnut Gilbert Claymore.

Dieu merci, il était encore en vie.

— Gilbert, pouvez-vous parler ? Que s'est-il passé ?

— Balvoire.

Le vieil homme avait du mal à respirer, mais il parvint tout de même à poursuivre :

— Il nous attendait, Lady Eleanor et moi. Il l'a emmenée, et je crois qu'il lui veut du mal.

Balvoire...

Malédiction !

Hugh avait l'impression d'avoir reçu un coup de poing dans l'estomac.

— Il sait tout, ajouta Gilbert.

C'était encore pire que ce que pensait Hugh !

— Combien d'hommes a-t-il ? Savez-vous où il a emmené ma femme ?

— Ils n'étaient que deux, et il a parlé de l'emmener chez lui. Nous devons… nous y rendre…

— Vous n'êtes pas en état, mon ami. Rentrez au château et prévenez Sir William, dites-lui d'aller sur-le-champ chez Balvoire avec quelques hommes. Je prends le palefroi d'Eleanor, et m'y rends aussitôt. Cette fois, il est allé trop loin.

— Bien, milord. Prenez aussi mon chien. Il vous sera utile pour suivre la trace de milady.

Regardant par-dessus l'épaule de Hugh, Gilbert écarquilla les yeux de surprise.

— Qu'y a-t-il ?

— Anselm vient de se laisser tomber d'un arbre et avance vers nous.

— Que diable fiche-t-il ici ? Je n'avais pas besoin de cela maintenant !

Sans réfléchir, Hugh enroula la cape du Renard autour de ses épaules, noua son masque à la hâte et rabattit le capuchon sur sa tête.

— Que voulez-vous ? demanda-t-il en se retournant.

— Eh bien, ma foi, Renard, vous avez bien changé, dit Anselm. Même votre voix est différente.

— Peu importe ce que vous pensez, Anselm. Aujourd'hui, je suis lui. Et je n'ai pas le temps de vous donner d'autres explications. Aidez Claymore à monter à cheval.

Anselm avait tout d'un colosse : prestement, il souleva Gilbert de terre et le hissa en selle.

— Lady Eleanor est en danger mortel, dit l'intendant. Balvoire l'a enlevée et l'emmène chez lui.

— Assez discuté ! décréta Hugh. Je dois y aller.

Anselm s'avança.

— Je vais avec vous.

— Non ! Vous êtes recherché.
— J'ai dit que je venais avec vous.
— Maudite soit votre impertinence ! pesta Hugh.
Mais il savait qu'il n'avait pas le temps d'argumenter.
— Fort bien. Venez.
Gilbert le salua d'un hochement de tête.
— Que Dieu vous accompagne, milord.

23

Eleanor battit des paupières tandis qu'elle reprenait progressivement connaissance.

Elle gémit de douleur.

Chaque parcelle de son corps la faisait souffrir. Mais le plus douloureux était peut-être sa tête. Ses tempes battaient avec la régularité du mécanisme d'une forge, et on aurait dit que mille becs acérés lui martelaient le crâne.

Prudemment, elle toucha sa nuque et perçut une grosse bosse sous ses doigts, ainsi qu'une moiteur gluante sous son voile.

Elle avait froid, et elle était étendue sur quelque chose de doux mais d'humide, et il lui semblait percevoir au loin le clapotis de l'eau.

Observant entre ses cils à peine ouverts, elle vit deux hommes qui se tenaient debout au bord d'un ravin. L'un avait les mains sur les hanches et, même sous cet angle, elle n'eut aucun mal à le reconnaître.

Balvoire.

Mais pourquoi avait-il fait cela ?

Elle bougea un peu, essayant en vain de trouver une position plus confortable.

— Lord Balvoire ? marmonna-t-elle. Qu'avez-vous fait ?

Elle se frotta les yeux, essayant de les forcer à s'ouvrir davantage.

— Ah, milady. Vous êtes finalement de retour parmi nous. Bien... fort bien.

L'odieux personnage marcha vers elle avec un sourire cruel qui la révulsa.

— Mais c'est plutôt une question qu'il me reviendrait de vous poser.

— Je ne comprends pas.

— En êtes-vous sûre, milady ? demanda-t-il en s'accroupissant à sa hauteur.

— Votre comportement est aussi déplacé que dénué de sens.

Sa voix, trop faible, n'exprimait hélas pas sa conviction. Elle fit une nouvelle tentative d'autorité.

— J'exige que vous me reconduisiez en mon logis !

Il ricana et lui souleva le menton de ses doigts boudinés et moites.

— Vous savez, le roi Jean a eu tort de ne pas vous donner à moi. Et ce pauvre Millais n'était pas à la hauteur pour vous mater, quelque mal qu'il se soit donné pour y arriver.

— Eh bien, je puis au moins remercier Sa Majesté de m'avoir épargné votre vile compagnie.

— Allons, allons, ma belle. Quel tempérament !

S'humectant les lèvres, Balvoire lui caressait à présent la joue.

— Vous vous oubliez, monsieur ! Je suis une femme mariée.

Son mal de tête était à présent une torture.

Balvoire ricana.

— J'ai bien peur que votre jeune époux ne puisse plus rien pour vous.

— Une fois encore, milord, je vous pose la question : que fais-je ici, et pourquoi m'avez-vous enlevée de si vile manière ?

Elle frissonnait et son anxiété allait grandissant. Faute de comprendre de quoi il retournait, et manquant de forces, elle devait gagner du temps.

Balvoire la souleva sans ménagement et l'entraîna vers le bord du ravin.

— La vue est splendide, n'est-ce pas ? J'ai toujours aimé venir ici. Vous voyez ce cours d'eau en contrebas ? Eh bien, mon domaine se trouve de l'autre côté.

— Je ne l'ignore pas, milord. Mais quel est le rapport avec moi ?

— Ah, mais ne savez-vous pas que cette partie, ainsi que les bois appartenaient aussi à ma famille ? Feu le roi Henri l'a saisie pour la donner à votre père, Dieu seul sait pour quelle raison saugrenue. Le temps est venu aujourd'hui de récuser cette décision inique.

— Il ne s'agit donc que de cela ?

— Comme vous le savez fort bien, la fin justifie les moyens, ma chère. Maintenant, à mon tour de poser la même question : *pourquoi*, Lady Eleanor ?

— Je ne vois pas ce que vous voulez dire.

— Le coup sur votre tête a dû être plus brutal que je le pensais...

Il tendit la main et saisit la croix qu'Eleanor portait autour du cou.

— Ravissant bijou.

Il eut un large sourire, affichant des dents jaunes et abîmées.

— Je l'ai reconnu tout de suite quand nous étions à Winchester. Ce n'était pas très malin de le porter sur vous pendant que vous vous adonniez à vos activités illégales.

Oh ! non !

Eleanor sentit son cœur s'emballer follement. Cet horrible personnage ne pouvait pas connaître son secret !

Elle devait à tout prix rester calme, montrer de la surprise, et même paraître offensée face à ces accusations.

— Auriez-vous également reçu un coup sur la tête, milord ? Votre discours est celui d'un fou.

— J'ai pourtant bien vu cette croix pendre dans l'entrebâillement de la tunique de ce brigand, quand nous avons été pris en embuscade. J'avais trouvé cela étrange, car c'est un bijou de femme.

Il arracha le voile d'Eleanor, la saisit par les cheveux et attira son visage contre le sien.

Elle avait l'impression que sa tête allait exploser, et l'haleine fétide de Balvoire lui donnait la nausée.

— C'est vous, petit renard, et cela faisait longtemps que je voulais vous attraper.

— Vous êtes fou. Je ne sais pas de quoi vous parlez.

— Allons, ma belle. Je vous ai connue meilleure comédienne. Mais assez parlé. Il est temps de nous mettre en route.

— Où m'emmenez-vous ?

— Chez moi, où la vraie partie de plaisir pourra commencer. J'obtiendrai de vous des aveux complets, et le domaine de Tallany me reviendra tout entier.

— Je n'avouerai jamais rien.

— Que vous croyez ! Ce que vous a fait subir Millais n'est rien à côté de mes méthodes.

Eleanor fit appel à tout son courage pour lui tenir tête.

— Comment osez-vous, Balvoire ? Votre avide prétention à vous emparer de mes terres vous fait perdre la raison. Vous n'avez aucune preuve contre moi. Sinon, vous me livreriez au roi, plutôt que de faire justice vous-même.

— Taisez-vous, femme !

La saisissant par la nuque, il la poussa vers les chevaux.

— Vous êtes une sorcière, et vous savez ce qui leur arrive.

Eleanor était trop faible pour se battre. Elle ne pouvait employer aucune des ruses qu'elle connaissait pour se libérer et s'échapper.

Elle n'était pas loin de croire que tout était perdu quand, soudain, un son lointain lui redonna espoir.

C'était un chien qui aboyait. Et bientôt, elle entendit aussi le bruit mat des sabots d'un cheval au galop frappant le sol !

Quelqu'un venait vers eux.

Balvoire se tourna, l'ayant aussi entendu.

Au même moment, une flèche toucha son garde à la jambe, et l'homme s'effondra.

Aussitôt, Balvoire fit passer Eleanor devant lui, un bras fermement serré autour de sa taille, et appuya la lame de sa dague sur son cou.

— Lâchez-la ! cria le cavalier, qui arborait un masque de cuir et une cape bordée de fourrure.

Il descendit de cheval, bandant son arc pour être prêt à tirer sur Balvoire.

— Lâchez-la, vous dis-je.

Balvoire fit un petit pas de côté.

— Vous ? Ce n'est pas possible. J'ai le vrai Renard ici.

— Je ne crois pas, dit le cavalier.

Eleanor connaissait cette voix.

Son cerveau embrumé peinait à réagir.

Était-il possible que…

— Je ne vous crois pas, dit Balvoire. Le Renard est petit et mince. Je l'ai déjà rencontré.

— Je me moque de ce que vous croyez ! Je vous donne une dernière chance. Lâchez-la. Sinon, il vous en coûtera.

— Et que pouvez-vous bien me faire ? Si vous approchez, je l'égorge.

Pour montrer qu'il ne plaisantait pas, Balvoire appuya la lame sur le cou d'Eleanor, et une goutte de sang perla.

— Oh ! moi, je ne vous ferai rien, rétorqua le cavalier. Mais lui…

Balvoire tourna la tête dans la direction indiquée et se retrouva avec la lame d'une épée sous le menton.

L'homme qui en tenait le pommeau n'était autre qu'Anselm.

— Je vous ai manqué, milord ? ricana le colosse.

— Vous !

Le cavalier avait profité de l'effet de surprise pour se rapprocher.

— Rendez-vous, maintenant.

— Jamais !

Tout se passa très vite.

Balvoire fit un pas de côté, glissa sur l'herbe humide, perdit l'équilibre.

Et tomba dans le ravin.

Hugh se précipita vers Eleanor et la prit dans ses bras.

— Enfin, je vous retrouve, mon aimée.

— Hugh, vous êtes venu.

— Jamais je ne vous aurais abandonnée. Jamais.

Penché au-dessus du précipice, Anselm commenta, d'un ton détaché :

— Le mauvais homme est bel et bien mort. Il s'est fendu le crâne sur un rocher.

Eleanor tremblait comme une feuille.

— Allons, allons, ma douce, la réconforta Hugh. Tout est fini.

— Hugh ?

— Vous êtes réveillée, ma douce ?

Elle avait alterné les périodes de sommeil et d'éveil durant le trajet de retour au château et reposait à présent dans son lit.

Hugh n'avait pas quitté son chevet.

— Je ne parviens toujours pas à me dire que vous êtes venu à mon secours.

— Comment vous sentez-vous ?

— Épuisée, percluse de douleurs, et ma tête va exploser. Mais vous n'avez pas répondu à ma question.

Il lui caressa la joue.

— Vous devez avoir une bien mauvaise opinion de moi pour croire que je vous aurais abandonnée à votre triste sort.

— Oh ! j'ai une très haute opinion de vous. Ce n'est pas ce que je voulais dire. Je suis seulement étonnée que vous soyez venu *déguisé en Renard*.

Il soupira.

— Une femme avisée m'a dit un jour que, dans une situation désespérée, il n'y a pas toujours de choix.

— Alors, vous comprenez maintenant ce que j'ai fait ?

— Pour moi, le désespoir était d'une autre nature que la pauvreté ou la faim.

— Et qu'était-ce donc ?

— L'amour. Pour vous, Eleanor.

— Oh ! Hugh...

Elle noua les bras autour de son cou et l'attira à elle pour lui donner un baiser.

— Je vous aime, Eleanor. Vous avez fait de moi un homme meilleur. Un homme à votre hauteur.

— Moi aussi, je vous aime, murmura-t-elle, les yeux emplis de larmes. Je vous aime de tout mon cœur.

— Est-ce le même cœur dont vous avez un jour déclaré qu'il ne serait jamais à moi ?

— Oui, le même.

Elle sourit, essuyant ses larmes d'un revers de main.

— C'est bon à savoir.

— Cela veut-il dire que vous m'avez pardonné ?

— Ne nous emportons pas.

Il compensa cette remarque par un sourire, et elle comprit qu'il plaisantait.

— Eh bien, je garde l'espoir que cela viendra. Après tout, un homme avisé m'a un jour promis un avenir enchanteur qui viendrait racheter un passé désastreux.

— C'est tout à fait vrai.

Il lui embrassa tendrement le bout du nez.

— Et maintenant que je dispose de votre cœur, j'ai bien l'intention d'en user et d'en abuser.

Elle rit doucement.

— Vous ne le pensez pas vraiment.

— Oh que si !

Impatient, Hugh lui donna un baiser qui emplit d'un bonheur immense le cœur d'Eleanor.

Depuis le jour où il avait fait irruption à Tallany, Hugh lui avait montré la voie vers une vie meilleure. Et, par-dessus tout, il lui avait appris que la liberté ne servait à rien sans amour.

Épilogue

Six mois plus tard...

Eleanor regardait son mari souhaiter un bon voyage à son ami Will, qui s'en allait accomplir une nouvelle mission pour la Couronne.

L'état du royaume était plus calamiteux que jamais, l'animosité entre le roi Jean et les barons rebelles ayant encore gagné en intensité, comme l'avait prédit Hugh.

Une fois de plus, le roi était revenu sur toutes ses promesses, même après l'instauration de la Grande Charte, un document qu'il avait pourtant signé lui-même. Il n'y avait dès lors rien d'étonnant à ce que les rebelles éprouvent tant de difficultés à lui faire confiance.

Pour Hugh, la situation était particulièrement malaisée, Eleanor en avait pleinement conscience. Au moins, ils ne se trouvaient plus dans deux camps opposés.

Elle savait, compte tenu du trouble qui régnait dans le royaume, que son mari se sentait coupable d'éprouver un tel bonheur avec elle.

Mais grâce à la force de leur amour, la confiance et la loyauté avaient peu à peu retrouvé leur place dans leur mariage. Elle en éprouvait une joie telle que son cœur en était presque douloureux.

Et, à la toute fin des fins, cela seul comptait.

Pour ce qui était du Renard… Eleanor lui avait fait prendre congé.

Pour le moment.

Hugh était un lord efficace et diligent, et il travaillait avec elle à restaurer Tallany en ces temps difficiles.

Lorsqu'il était mandé à la cour, et contraint de se préoccuper des affaires de la Couronne, Eleanor savait qu'il avait toujours à cœur de défendre leurs terres et leurs gens.

À son grand soulagement, il avait également veillé à ce que Godwin et Osbert soient libérés et puissent en toute sécurité retrouver leurs familles.

Quant à elle… Eleanor avait désormais d'autres choses en tête.

Rêveuse, elle caressa son ventre, savourant le secret qu'elle partagerait bientôt avec son mari.

Hugh revint vers elle, en lui adressant ce petit sourire en coin qui parvenait toujours à lui faire battre le cœur plus vite.

Elle lui rendit son sourire, en l'enveloppant d'un regard débordant d'amour, et se tint à côté de lui pour saluer Will.

Ce dernier lui adressa un signe de tête et la gratifia d'un clin d'œil qui l'amusa.

L'homme restait quoi qu'il arrivât un séducteur patenté, mais elle éprouvait pour lui une vive affection et, tout comme Hugh, le considérait à l'égal d'un frère.

Elle pressa la main de son mari.

— Il va vous manquer, n'est-ce pas ? demanda-t-elle.

— Will semble préoccupé, ces derniers temps. Il se montre beaucoup plus sérieux que de coutume.

Hugh secoua la tête et soupira, avant de baisser les yeux sur elle.

— J'espère pour lui que tout se déroulera sans encombre, cette fois.

— Je l'espère aussi.

Rejetant légèrement la tête en arrière pour regarder son mari, elle fronça les sourcils.

— Que tenez-vous dans votre main ?

— Ah, vous parlez de ceci ? demanda-t-il en exposant un paquet enveloppé d'un linge retenu par une ficelle.

— Je voulais vous le donner plus tard, mais vous pouvez tout aussi bien l'ouvrir maintenant.

— De quoi s'agit-il, mon époux ? Est-ce encore un cadeau ?

— Précisément, mon aimée. Ouvrez-le à présent.

Eleanor défit le paquet et découvrit un mantel de laine d'une incroyable douceur.

— Il est magnifique ! Merci.

— Il a été tissé avec la laine de nos moutons.

Le sourire de Hugh s'élargit.

— N'y voyez aucune allusion déguisée. Je ne vous crois aucunement aussi docile qu'un agneau.

— Oh ! j'aimerais grandement savoir comment vous me voyez.

— Eh bien, vous êtes furieusement agaçante, dit-il.

Et il lui déposa un baiser sur les lèvres.

— Vous êtes tempétueuse...

À nouveau, il lui planta un baiser sur la bouche.

— Vous êtes irréductible...

Il l'embrassa une fois encore.

— Et je vous aime.

— Je vous aime aussi, Hugh. Mais là n'est pas la question. Vous ne parvenez même pas à me trouver une vertu.

Elle esquissa une petite moue.

— Peut-être ai-je finalement plus de similitudes avec le Renard qu'il n'y paraît.

— Vraisemblablement.

Hugh referma les doigts autour de sa taille et l'attira contre lui.

— Mais, d'une façon comme d'une autre, ma douce, vous avez le cœur d'une lionne.

Penché à son oreille, il murmura :

— Ma lionne rien qu'à moi.

Il l'embrassa à nouveau, avec plus de passion cette fois.

Eleanor gloussa.

— Eh bien, votre lionne a un petit secret.

— Oh ?

Il haussa un sourcil.

— De quoi peut-il bien s'agir ?

Elle secoua la tête.

— Je crois qu'il vaut mieux remettre à plus tard la découverte de ma surprise... Quand nous serons seuls, par exemple.

Croisant son regard enflammé, elle lui sourit, l'air mystérieux.

— Comme il vous plaira, mon aimée. Comme il vous plaira.